*Great
Nature
in Little Jokes*

小笑话
大自然

《故事会》编辑部 编

上海文艺出版社　上海故事会文化传媒有限公司

图书在版编目（ＣＩＰ）数据

小笑话　大自然：动物笑话／《故事会》编辑部编
. —— 上海：上海文艺出版社，2022
ISBN 978-7-5321-8496-5

Ⅰ．①小… Ⅱ．①故… Ⅲ．①笑话－作品集－世界
Ⅳ．①I17

中国版本图书馆 CIP 数据核字（2022）第 169685 号

小笑话　大自然：动物笑话

著　　者：《故事会》编辑部编

主　　编：夏一鸣

副 主 编：高　健

编辑成员：蔡美凤　胡捷　吴艳　杨怡君

责任编辑：蔡美凤　吴　艳

装帧设计：周艳梅

图文制作：费红莲

责任督印：张　凯

出　　版：上海文艺出版社

出　　品：上海故事会文化传媒有限公司

　　　　　（201101 上海市闵行区号景路159弄A座3楼　www.storychina.cn）

发　　行：北京中版国际教育技术装备有限公司

印　　刷：天津旭丰源印刷有限公司

开　　本：787毫米×1092毫米　1/32　印张4

版　　次：2022年10月第1版　2022年10月第1次印刷

Ｉ Ｓ Ｂ Ｎ：978-7-5321-8496-5/I.6704

定　　价：22.00元

上海故事会文化传媒有限公司 出品（00091）

想看更多精彩故事？
扫码下载故事会APP

如发现本书有质量问题，请与印刷厂质量科联系 T：022-82573686

是它,让平淡的生活多了一种味道

美国的一家咨询机构曾经做过一次别出心裁的调查:"你身边什么样的人最受欢迎?"本以为对于这个问题的回答定会丰富多彩、千奇百怪,统计结果却出现了惊人的一致性:懂得幽默、富有幽默感的人是最受欢迎的。人们都喜欢与幽默的人一起工作、共同生活,幽默成了智慧、魅力、风度、修养等高贵品质的代名词。

对于幽默的内涵,一位博友曾有过非常精辟的描述:所谓幽默是智者在洞悉人情冷暖之后,传达出的一种认识独特、角度别致、形式上喜闻乐见的信息,从而引起众人会心一笑的过程。可见,幽默是一种乐观的人生态度、机智的思维方式、轻松的心态和宽容的胸怀。

　　一位外国作家曾经提及这样一个故事:如果人群中有一个危险分子,而你不知道他是谁,那么请你讲一个笑话,有正常反应及有幽默感的人大体是好人。可见幽默已经成为衡量人生的重要标准。只有欣赏幽默的人,才能细细品味多彩的生活,悉心感受美丽的人生。

　　幽默的力量还可以化解生活中的尴尬场面,使人轻松摆脱不快的情绪,更好地树立形象,增加人格魅力和亲和力。一次,美国总统林肯与一位朋友边走边交谈,当他们走至回廊时,一队等候总统检阅的士兵齐声欢呼起来,但那位朋友并没有及时离开,军官不得不走上前来提醒,这位朋友因为自己的失礼涨红了脸,但林肯立即微笑着对他的朋友说:"先生,你要知道也许他们还分辨不清谁是总统呢!"总统这样一句简单的话语,就完全消除了朋友的不安,很快缓和了当时的氛围。

　　幽默虽不能决定人们的衣食住行,但已经成为生活中必要的调味品和润滑剂。它可以使人们和周围的环境更融洽,让人们始终保持轻松愉快的心情,让平凡的生活充满欢笑。

因此作家王蒙才会如此迷恋幽默,他说:"我喜欢幽默。我希望多一点幽默。从容才能幽默,平等待人才能幽默,超脱才能幽默,游刃有余才能幽默,聪明透彻才能幽默。"幽默倡导了一种全新的快乐理念和生活风尚。

《故事会》杂志多年来一直为广大读者奉献最为精彩的小幽默小笑话,其中所包含的机智的风格、幽默的情趣和达观的态度长久以来影响与感染了一批又一批读者。我们的编辑从这个幽默宝库中,经过前期的选题策划、中期的分类归总、后期的修改雕琢,精挑细选出了上千个笑话精品,于是才产生了这套极具特色的作品集。可以说这套笑话丛书是当之无愧的幽默精品,它凝聚了《故事会》编辑部的所有编辑的智慧与辛劳。

此套丛书以笑话为载体,讲述了人生百态,幽默诙谐,令你忍俊不禁,让读者在轻松幽默的氛围中品味人生、领悟真理。该丛书最大的亮点在于强化了色彩元素,12本书按照内容的定位,每本都有自己的色调。

懂生活才懂幽默,懂幽默才能更好地品味生活。希望这套笑话丛书能够带给广大读者一种全新的幽默体验,营造一种特别的幽默氛围,唤醒我们的幽默潜能,自娱自乐自赏自识,快慰从容地去品味幽默,享受生活。

编者

2022 年 7 月

1. 老人的需要

一个老人在湖中划船,一只青蛙游了过来,叫道:"先生,我其实是一个美丽的公主。吻我吧,然后我们就能快活地生活在一起了。"

那个老人把青蛙放到他的口袋里,划向岸边。

青蛙又叫了起来:"先生,我真的是一个美丽的公主,吻了我,咱们就能幸福地生活在一起了。"

老人还是不说话。

青蛙很生气,说:"你为什么不吻我呢?我告诉你,我确实是个美丽的公主。"

"听着,女士,"老人回答道,"我已90岁,在这个年纪,我宁肯要一只会说话的青蛙。"

2. 吸引力

彼得到渔具店上班的第一天,老板给他看了许多不同类型的诱饵。

彼得问老板:"这些五颜六色的诱饵真的能吸引鱼儿吗?"

"这我可不知道,"老板说,"但它们一定能吸引钓鱼者。"

3. 可怜的蛇

一条老蛇去看医生:"医生,我需要一些治眼睛的药,我看不清楚东西已经很久了。"

医生说："药不用配了，我给你配副眼镜吧。"

两星期后，蛇又来了，它对医生说它非常沮丧。

医生问："为什么呢？是不是戴了眼镜还是看不清楚？"

"眼镜很好，医生，"老蛇接着回答，"可我发现自己和一条软水管一起生活了两年。"

4. 辩护

一个刚刚从学院毕业的年轻律师正在为他的第一个案子辩护，案子是关于一辆火车轧死了他当事人的 24 头猪。

为了使陪审团注意到当事人损失之巨大，他强调说："先生们，想想吧，24 头猪，24，整整是我们陪审团人员的两倍哪！"

5. 叮嘱

一位光顾宠物店的顾客不大相信自己竟有这样的好运气：只花 600 元钱就能买只既会背诵莎士比亚的十四行诗，又会模仿歌剧演员吟诵荷马史诗的鹦鹉。

然而，当他把鹦鹉带回家时，它嘴里竟发不出一个音来。

三周后，这个顾客不安地返回店中，找店主索赔。

店主说："当初我俩都看到它像个天使般地背诗、歌唱，而它现在什么都不会了，却让我把它收回？好吧，出于良心，我给你 100 元。"

这个顾客勉强接受了。

就在他关上店门的一瞬间,他听到那只鹦鹉对店主说:"别忘了,有 250 元归我。"

6. 聪明的猫

西蒙到朋友约翰家做客,约翰指着壁炉旁的宠物猫对西蒙说:"我有一只世界上最聪明的猫。"

西蒙问:"何以见得?"

"看着,我假装开枪打它。"约翰说着拿起一杆猎枪对准那只宠物猫说,"砰!你死了!"

西蒙疑惑地看着:"可它一点儿反应都没有。"

"这正是它的聪明之处。"约翰得意地说,"它知道自己没死。"

7. 规矩的鹦鹉

朋友送给大卫一只脾气很坏的鹦鹉。

为了改变鹦鹉的坏习惯,大卫对它很好,甚至弹轻音乐给它听。

可是,鹦鹉依然骂骂咧咧,不停地咬东西。终于有一天,大卫怒不可遏,把它扔进了冰箱。

一开始,鹦鹉大声抗议,把冰箱门敲得砰砰响;接着,安静了一会儿,它开始讨饶了。

大卫有点内疚,便打开冰箱,看见鹦鹉哆嗦着对他说:"对不起,我保证今后规规矩矩。"

大卫正在想它怎么突然转变了,只听鹦鹉怯生生地问:"我想问你一件事,冰箱里那只鸡犯了什么错?"

8. 只管上菜

狼和儿子来到羊开的餐馆要了一份青草。

"爸,我们为什么要吃青草?咱可向来都是吃肉的!"狼儿子问它的爸爸。

狼爸爸凑近儿子说:"小点儿声,孩子,我还不知道这个?但现在城里人流行吃绿色食品,我们只不过要点青草装样子,免得让人家看出我们是乡下来的。"

与此同时,小羊也在问它的爸爸:"爸,为什么要招待狼,它可是我们羊的仇人。"

"什么仇人不仇人,我不止一次地告诫你,生意人的目的就是赚钱,只要能赚钱我们做什么都可以——快!再给它们上一份青草。"老羊声色俱厉地对小羊吼道。

9.绝招儿

在百兽参加的短跑比赛上,猎豹以它矫健的身姿、迅猛的爆发力,获得了短跑比赛的冠军。

远远落后的毛驴很不服气,它不屑一顾地对猎豹说:"有本事,我们就到人多的城市里去赛一赛!"

猎豹一脸疑惑问毛驴:"去城里比赛,你就能跑得过我?"

毛驴得意地说:"当然!我有绝招儿!"

"什么绝招儿?"猎豹问。

毛驴接着回答:"我的叫声与救护车一模一样。"

10.结果怎样

生物课上,生物老师问他的学生:"如果两条蛇互相咬尾巴吃,那结果会怎样呢?"

一位学生连忙回答:"两条都不存在。"

另一位学生不同意道:"我认为只剩下骨头。"

"都不对!"生物老师得意地说,"我认为,最后只剩下两个胃,胃中各有一条蛇。"

11.苍蝇吃饭

苍蝇妈妈带着小苍蝇吃饭,它们飞到一堆牛粪上,小苍蝇郁闷地问:"妈妈,为什么咱们总是吃牛粪呢?"

苍蝇妈妈给了小苍蝇一记耳光骂道："这倒霉孩子,吃饭的时候不许说这么恶心的事儿!"

12. 王八骨气

水獭跳入水里寻食吃,遇到一条金鱼,便一口将它囫囵吞下,却不能解馋。

水獭又往前游行,遇到一只甲鱼,见到甲鱼的边缘,肉质嫩软肥美,大喜道："这东西足可供我大吃特吃了。"就扑向前吞吃,牙齿碰到甲壳,急切间难以下咽。

水獭不觉大为惊疑,暗想："刚才吃的那东西,文采斑斓,仪表非凡,看上去好像是个读书人,却是没有骨头的,倒不如这个臭王八,还算有点骨气!"

13. 买鹦鹉

在鸟市上,约翰被一只漂亮的鹦鹉迷住了。等他走过去,才知道这只鹦鹉已被一个主顾以 500 元的价格要定了。

"我出 1000 元。"约翰财大气粗地说。

"我出 1500 元。"人群中突然响起一个不服气的声音。

"我出 2000 元。"约翰死了心要把鹦鹉买到手。

"我出 2500 元。"还是那个不服气的声音。

"我出 3000 元。"约翰倒想看看谁比他更阔。

最后他胜利了。人群中再也没有声音响起。

在付过钱之后,约翰忽然想起了一件事。

他担心地问货主:"这只鹦鹉会说话吗?"

不料货主得意地说:"怎么不会说话?如果刚才不是它和你竞拍,我会赚那么多钱吗?"

14. 戒指

两只鸟儿停在枝头,正在为"家庭矛盾"吵架。

雌鸟泪流满面,雄鸟声嘶力竭地辩解着:"亲爱的,我和你解释多少遍了,这该死的指环是鸟类研究站的人给我套上的,不是定情戒指,我绝对没有外遇!"

15. 上报纸

两只金丝猴坐在一棵树上,树下睡着一头狮子。

一只猴子对另一只说:"你肯定不敢踢下面那头狮子的屁股。"

另一只显然被激怒了,下了树,狠狠地踢了一下狮子的屁股,狮子猛地跳起来,猴子来不及上树,慌忙向前跑去。

眼看狮子越追越近,猴子绝望之际,发现路边有张报纸,于是在泥里滚了一圈,捡起报纸,坐在地上读起来。

这时狮子追了上来,问:"灰猴子,你有没有看到一只金丝猴跑过去？"

猴子说："你是说那只狠狠地踢了一头狮子的屁股的猴子吗？"

狮子大吃一惊，叫道："难道那只该死的猴子已经上报纸了吗？"

16. 非吉非凶

马克·吐温在密苏里州办报时，收到一个订户的来信，信中问："马克·吐温先生，我在报纸里发现了一只蜘蛛，请问您这是吉兆还是凶兆？"

马克·吐温回信说："这不是什么吉兆，也并非什么凶兆。这蜘蛛不过想爬进报纸去看看，哪个商人没有在报纸上登广告，它就到哪家商店的大门口去结网，好过安安稳稳的日子。"

17. 悲观者的评价

一位乐观者与一位悲观者同去猎鸭。

乐观者想炫耀一下他新买的猎狗，打过第一枪后，他便叫猎狗到小河对面的草丛中去取回猎物。

猎狗一个纵身，跃过了河，叼回了一只野鸭。

悲观者一言不发。

一会儿，猎狗又以同样的方式跃过水面，叼回了第二只和第三只鸭子……

悲观者仍无反应。

最后,乐观者再也忍不住了:"难道你没看出我这条猎狗有什么非同寻常之处吗?"

"当然看出来了——它不会游泳……"悲观者镇定地说。

18.吃人

野生动物保护协会的一个官员在向孩子们宣传保护动物的意义。

为了加深孩子的印象,他说:"不能任意捕食动物,那没好处,你吃了什么动物,来世就会变成什么,吃了蛇就会变成蛇,吃了熊掌就会变成狗熊……孩子们,现在你们知道该吃什么了吧?"

孩子们异口同声地回答:"吃人!"

19.谁的狗聪明

某日,一个医生、一个建筑师和一个律师在一家乡村俱乐部吃饭,他们的话题扯到了各自的狗身上,于是想比一下谁的狗最聪明。

医生的狗首先开始,它从门外衔来一些骨头,在地上摆了一幅人体骨骼图。医生给了它一些饼干作为奖励。

建筑师的狗从外面衔来一些树枝在地上搭起一个埃菲尔铁塔的模型,建筑师也给了他一些饼干作为奖励。

最后,律师的狗出场了,它与医生和建筑师的狗交谈了一番,那两只狗便把饼干给了它。律师笑着解释道:"我的狗现在是你们那两只狗的法律顾问了。"

20. 事与愿违

为了防止即将成熟的葡萄被人偷去,老邱在葡萄园入口处竖了一块牌子,上面写道:"葡萄喷有剧毒农药。"

第二天,老邱巡视葡萄园时逮住了一个正在偷葡萄的小偷。

老邱指着入口处的牌子说:"你没看见那上面的字吗?"

"看见了,共8个字。"小偷说。

"那你还偷摘我的葡萄干什么?"老邱生气地吼道。

小偷如实回答:"摘回去毒老鼠!"

21. 虫子太傻

一位父亲正跟7岁的儿子讲睡懒觉的坏处。

最后,他做结论说:"记住,鸟儿只有起得早,才能捉到虫子。"

儿子回答说:"那么,虫子早起不就太傻了吗?"

22. 报复

那天,小林下班回来,刚进屋,儿子就一脸委屈地拉住她说:"妈妈,小狗把我的牛奶给喝光了。"

小林气愤地说:"一定要教训它。"

"不用了,妈妈,"儿子拍拍自己的肚子,说,"我也喝光了它盘子里的牛奶啦!"

23. 童语

一对母子去动物园参观。

到了狮子笼前面,母亲叮嘱说:"儿子,不要靠得太近!"

儿子很大度地说:"妈妈,你放心好了,我不会伤害它的!"

24. 传染

明明经常亲吻他心爱的小猫"咪咪",妈妈看见了总要阻止他:"明明,千万不能亲吻动物,否则会传染上疾病的!"

"喔,知道了,"明明点了点头说,"邻居家的小妹妹也经常亲吻她家的鹦鹉。"

妈妈接着问:"后来小妹妹生病了吧?"

明明回答:"不是的,后来鹦鹉得病死了!"

25. 儿童常识

一位母亲带着孩子上动物园游玩。

突然,孩子看见一只又肥又大的猫,便问:"妈妈,这是丈夫还是妻子?"

母亲一愣,不知如何回答。

这时,孩子自己做出了判断:"妈妈,我知道了,这只猫是丈夫!"

母亲吃惊地问:"为什么?"

"刚才我狠狠地拧了它一下,可它不叫也不蹦,只是垂着脑袋,一声不吭。"

26. 在储蓄所里

有个妇女抱着一个小女孩,到银行储蓄所里办理存款手续。

小女孩手拿一根吃剩的甘蔗,拼命往柜台栅栏里塞,弄得那胖营业员莫名其妙。

那个妇女急忙喝住了自己的孩子,不好意思地对胖营业员笑笑说:"对不起,我刚带了孩子从动物园里出来。"

27. 草莓施肥

一个小男孩遇到一个拉着满满一车牛粪的农夫,小男孩问他用这牛粪干啥。

农夫对他说:"我把它运回家加在草莓上。"

小男孩看了看农夫:"我不知道你是哪儿的人,但我们那儿是把奶油和糖加在草莓上的。"

28. 不吃亏

孩子收到叔叔寄来的一箱小鸡,开箱时小鸡跑散了。

第二天他写信给叔叔:"我一路追去,进了邻家的院子,可是只追回十一只。"

叔叔回信说:"你没有吃亏,我只送了你五只小鸡。"

29. 儿子的思维

4岁的小儿子进来,挺神气地让妈妈看他手上一条蠕动的毛毛虫。

妈妈一见毛毛虫全身就发颤,赶紧说:"马克,快把它弄到外面去吧,它妈妈一定在找它哩。"

于是马克转身走了出去,妈妈松了一口气。

一会儿马克又活蹦乱跳地跑回来,手上爬着两条毛毛虫,他说:"我把虫妈妈接来了。"

30. 迟悟

一人怒气冲冲地到法官这里投诉:"法官先生,有人把我说成犀牛,我可以告他恶意中伤罪吗?"

法官回答:"当然可以。他什么时候把你说成犀牛的?"

这个人想了想回答说:"三年前。"

"什么? 三年前的事,你怎么到今天才想起要起诉呢?"法官很不解。

这个人解释说:"是这样,法官先生,以前我从未见过犀牛,直到昨天我才知道犀牛是什么样子。"

31. 找维生素

四岁的儿子在西红柿上挖了个洞,他用勺子搅了半天,突然"哇哇"哭了起来。

妈妈急忙问:"孩子,怎么啦,为什么哭呢?"

儿子委屈地说:"你们说西红柿里有维生素,可我怎么就找不着呢?"

32. 聪明的博比

布朗非常欣赏他的小儿子博比。一次他和一位客人聊他的儿子有多聪明。

布朗说:"他只有两岁,就认识所有的动物了。他长大一定会是一个出色的自然科学家。来,我让你看看。"

他从书架上拿下一本画册,把博比抱到膝上,打开书,指着一张长颈鹿的画片:"博比,这是什么?"

"马马。"博比回答。

他又指一张老虎的画片,博比回答说:"猫咪。"然后布朗又指了一张狮子的画片,博比说:"狗狗。"

最后他又指了一张黑猩猩的画片,博比说:"爸爸!"

33. 警察打猎

两名警官出外打鹿。其中一位从未打过猎。然而,他找到了一个隐蔽的好地方。这地方离鹿群经常出没的地方很近。

他耐心地藏在那里等啊等。

终于,他听到了沙沙的响声。一条白色的小尾巴从灌木丛中显露出来,他的脉搏剧增,他的心几乎要跳出胸膛。

他"噔"地跳出隐蔽的地方,朝天放了一枪,高叫:"不许动,我是警察!"

34. 两只鸡

一位太太来到肉食品商店,要买开膛的童子鸡。

售货员拎起店里最后一只鸡说道:"一美元七十五美分!"

这位太太看了看说:"小了点,还有没有大一点的?"

于是,售货员拿着这只鸡走进里屋,又捶又打,并把它使劲拉拉长,然后又走了出来,重新过了一次秤。

"嗯,这只鸡两美元二十五美分。"说完把鸡递给太太。

太太接过这只鸡说:"请把另外一只也给我吧!"

35. 看破红尘

有一个人看破了红尘,就在森林里过起了隐居生活,他唯一的衣服就是围在下身的一条布。

可是,森林里老鼠很多,把他的布条给咬破了。为了对付老鼠,他不得不养一只猫。

猫要喝牛奶,他又不得不养了一头奶牛。

养了牛总要人去看管,因此他雇了一个牧童!

雇来牧童,要给他房子住,不得已他又盖了一间房子。

看到这一切,隐士感叹地说:"我越想远离尘世,世事却来得越多。"

36. 妇人与律师

格林太太在街上行走,突然窜出一条狗,咬了她一口就跑。她一眼认出这是邻近一位律师的爱犬,于是便来到律师的家里。

"律师先生,请教一件事:我被一条狗咬了,我应该向狗的主人索取多少医疗费?"格林太太问。

"一般情况应是五百或六百元,严重的话,可达一千元。"律师回答。

"那好,先生,你的爱犬咬了我,请付一千元。"

律师瞪了格林太太一眼,一言不发,如数付了钱。

格林太太很高兴地回了家。

第二天,她收到这样一封信:"格林太太欠律师汤姆一件普通案的咨询费一千二百元整,限两日内付清,否则,法庭见面!"

37. 今非昔比

一名美国人想去加拿大打猎,于是他来到一家狩猎中心,租了一只猎犬,猎犬的名字叫"业务员"。

这只叫"业务员"的狗懂得什么时候该叫,什么时候该跑,而且,看到猎物后穷追不舍,绝不放弃。结果,几天下来,这个美国人大有所获。

过了几年,这个美国人又想到加拿大打猎,于是又来到这家狩猎中心。他向狩猎中心的主人说,就要租那只叫"业务员"的狗。

但是狩猎中心的主人告诉他,那只叫"业务员"的狗,因为业绩太好,早就升为"经理"了,现在它只会坐在角落里叫叫而已,其他什么都不会了。

38. 投石测声

古代,如果想知道一个山洞有多深,一般都会往里面投石头,然后根据回声估计深度。

这天,一个人在山上发现个山洞,无聊之余想投石测声,于是找来木棍利用杠杆原理,费了些力,将身边的一块大石头滚进洞里。

"噔!噔!噔……",说时迟,那时快,只见一头牛发疯似的飞奔过来,一下子跳进了山洞!这人苦思不得其解。

一会儿,一位农夫过来问:"小伙子,看没看到我的牛?"

"看见了,但牛自己跳进山洞里啦!"这人回答。

农夫不解道:"怎么可能呢?俺将俺的牛拴在一块大石头上了啊!"

39. 原则

老狐狸几日未曾食荤,口淡至极,颇为烦躁。一小狐狸识得老狐狸的心思,窃笑而去。

俄尔,小狐狸带回一只鸡。

老狐狸大悦,柔声道:"骗的?偷的?抢的?"

小狐狸摇头:"一农夫送的。"

"好,没有违背原则。"

言毕,老狐狸径自将鸡吃了。

拭去嘴角的油渍,老狐狸正色道:"下不为例。"

40. 烟瘾

新开张的琴行里，一位顾客指着一架钢琴对老板说："我怀疑你的这架钢琴是翻新的二手货！你瞧，这象牙琴键都发黑了。"

"天地良心，绝无此事。"老板解释道，"这完全是由于那头大象抽烟过多造成的。"

41. 非常欢迎

彼得是位出众的动物学家。

他得意地对邻居说："我正在进行一项杂交试验——让奶牛与长颈鹿结合。将来如果能生下长脖子的奶牛，就让它把脖子伸过篱笆去吃你家的草，在我家挤奶……"

"好啊，非常欢迎！"邻居说，"我决不会忘记在草地上喷农药！"

42. 猎犬

尼克指着身边的猎犬对约翰说："这可是只非常好的猎犬，没有它，我根本就无法出去打猎。"

约翰觉得奇怪，说："可我几次见你出去狩猎，怎么从来都没有见过你带这只猎犬呢？"

尼克回答："为什么要在我狩猎时见到它呢。我每次去打猎时，它总是待在家里，陪我妻子聊天，或者一起看电视，或者陪她去附近小铺里买东西。这样我才可以去打猎。"

43. 逃逸的袋鼠

动物园里,有一只袋鼠总是从它的围栏里跑出来。动物园管理员抓住它以后,把篱笆加高到 10 英尺。

第二天早晨,那只袋鼠又跑了出来,在动物园里乱跑。于是,关住它的篱笆被加高到 20 英尺。

可是第三天早晨,那只袋鼠又跑了出来。沮丧的动物园建造了一道 40 英尺高的篱笆。

一头被关在袋鼠隔壁的骆驼问袋鼠:"你认为他们会把篱笆加到多高?"

袋鼠说:"我想大概 100 英尺吧——除非有人开始把大门锁上!"

44. 精明购物

一位农妇吵着要丈夫给她买顶绒线帽,而丈夫却执意要给她买顶草帽,并耳语:"买草帽最划算,如果你以后觉得它过时了,不想要了,还可以给咱家的山羊当草料!"

45. 老虎与传教士

有个传教士在非洲传教。

一天,传教士在林间小路行走,忽闻后面有老虎的脚步声。

"主啊!"传教士祈祷道,"用您的慈悲保佑后面的老虎是个善良的教徒。"

真巧,那只老虎真的是个教徒。

传教士听见后面的老虎在虔诚祷告:"主啊!感谢您赐予我这顿晚餐。"

46. 蚯蚓问答

一群蚯蚓跟着蚯蚓妈妈向前爬行,那只最小的蚯蚓问道:"妈妈,爸爸到哪儿去了?"

妈妈说:"孩子,你爸爸跟着渔夫钓鱼去了。"

47. 合作

一只猪与一只母鸡谈慈善。

猪说:"我很想有一个方法,能帮助那些没有饭吃的穷人。"

鸡说:"我们合作,可以做一个火腿蛋给他们吃。"

猪坚决摇摇头:"你说得倒容易,你只是贡献一个副产品,而我却要损失一条腿。"

48. 翻译虎语

动物园里,几个流里流气的青年正在放养老虎的围栏前大喊大叫,还不停地向里面扔石头,惹得老虎吼声如雷。

管理员上前劝阻,这几个青年人不但不听,还不怀好意地对管理员说:"喂,老头,你见多识广,你把老虎的叫声翻译一下给我们听吧!"

管理员想了一下,说:"好吧,那我就翻译给你们听听。这只老虎是说:你们几位在外边逞强算什么呀,有胆量的话就请进来试试。"

49. 送礼

动物界也兴起了送礼之风。

有一天,蜥蜴看见一条蜈蚣正在那儿唉声叹气,就上前问它:"你有什么难过的事吗?"

蜈蚣回答说:"都是送礼造成的,把我们家整得日子没法过下去了。"

"你们给头儿送了什么贵重的礼物?"蜥蜴问。

"说起来也没什么,"蜈蚣接着回答,"就一套好点儿的皮鞋。"

50. 三条腿的鸡

一人在乡间小路上驾车行驶,忽见一只鸡与车并排跑。他加大油门,但鸡还是与车并驾齐驱。

当他把车速加大到每小时 60 英里时,鸡竟然一下冲到了汽车前面。

这时他才发现:此鸡有三条腿!这人好奇地跟着它来到一个农场。

"嗬,你们的鸡都长着三条腿啊。"他对农场主说,"你难道有什么奇特的繁殖方法吗?"

"是啊,先生。"农场主答道,"人们都喜欢吃鸡腿,所以我就培育出三条腿的鸡来。"

"味道如何呢?"

"很遗憾,连我本人也不知道!"农场主答道,"培育成功后,我连一只鸡也没有逮到过。"

51. 老鼠与猫

一只大老鼠闯入花店,被一只小花猫追赶。

大老鼠发现无路可逃,顺手拿起一枝玫瑰花准备抵抗。

小花猫一见,立刻低下了头,羞涩地说:"你真坏,人家还小呢!"

52. 没交电费

一群萤火虫在空中乘凉,其中有一只没有发光,另一只好奇地问它:"哥们儿,你怎么不发光啊?"

不发光的萤火虫无奈地说：“哎，上月忘交电费了！”

53. 闲聊

汤姆的马生病了，于是询问朋友尼克：“你的马那次病了，你给它吃的是什么药？”

“松节油。”尼克回答。

过了几天，他们又相遇了。

汤姆再次问尼克：“你上次说给马吃什么？”

“松节油。”尼克回答。

汤姆疑惑重重，又问：“那我的马吃了松节油，怎么死了？”

尼克点点头说：“我的马也死了。”

54. 私房钱

花园里，一条狗正在跟一只猫诉苦。

狗哭丧着脸说：“考古学家在我主人的花园里发现了大量的骨头！”

猫说：“那是新发现啊！你怎么这么悲伤啊？”

狗大声哭道：“那是我的私房钱啊……”

55. 明智之举

一位莫斯科公民丢了一只鹦鹉——一只很会骂人的鹦鹉。

天知道它会在外面乱说些什么呢？要是引起克格勃的注意那就糟了。

那位失主很是紧张，为了避免不必要的麻烦，他特地在一家有声誉的、发行量很大的报纸上，刊登了这么一则广告："遗失一只会说话的鹦鹉。特此郑重声明：本人不同意它的政治观点。"

56. 犄角的问题

有个人路过麦田，发现一头没有犄角的"牛"，便问农民："这头牛为什么没有犄角？"

农民说："牛没有犄角的原因很多，有的是因为遗传，有的是因为和别的牛顶角而失去了；有的是因病脱落的。而这头没有犄角，那是因为它是一头驴。"

57. 补缺的待遇

动物园中，有一只新来的年轻狮子和一只老狮子关在同一个笼子里。

管理员每次来喂食时总是给年轻狮子一根香蕉，给老狮子的却是一大块肉，年轻狮子心想："可能我是新来的，不要太计较。"

三个月后，情况还是如此，年轻狮子终于按捺不住，问管理员："为什么我来了三个月还是只吃香蕉？"

管理员回答说:"因为你补的是猴子的缺。"

58. 告状

有一个商店的老板养了一只会讲话的鹦鹉,每当客人踏进店门时,鹦鹉就会说:"欢迎光临。"

一天,有个客人故意去那家店,想试试鹦鹉是否真会讲话。

一踏进门口,鹦鹉果然说:"欢迎光临。"

于是他觉得很好奇,再试了一次,鹦鹉仍然说:"欢迎光临。"

那个客人觉得很有趣,便一下子出去,一下子踏进来,鹦鹉就一直说:"欢迎光临,欢迎光临……"

连续多次之后,当那个客人再踏进来时,那只鹦鹉忽然转过头对着主人:"老板,有人在玩你的鸟!"

59. 报警

一天,警察局接到一个电话,话筒那边的声音非常紧张:"先生,救命!快点救命!"

"小姐,你慢慢说,到底发生了什么事?"警察问。

"有只猫爬进来,现在情况非常危险。"话筒那边说。

"一只猫爬进来应该不是很大危险!"警察想了想回答。

"不行,不行!"话筒那边连忙惊恐起来,"这猫很危险,猫很危险!"

"小姐,别怕,真的不危险……"警察说。

"先生,你这里到底是不是911警察局?"话筒那边气急败坏地接着说,"是警察局的话,我打电话叫你,你就要来救我。快点,已经进来了,很危险!"

"小姐,你到底是谁?"警察不解地问。话筒那边声嘶力竭地吼道:"我是鹦鹉,我是鹦鹉!"

60. 驯狗

汤姆正在和朋友谈论他的狗。

汤姆说:"我想训我的狗,让它想吃东西时就叫。"

他的朋友说:"这应该是很容易的事嘛。"

汤姆抱怨起来:"我已经教它足有1000次了。"

他的朋友问:"怎么样,它会叫了吗?"

"不会,"汤姆接着说:"但现在如果我不学狗叫,它就不吃东西。"

61. 狗尾巴

一日,小张去朋友家做客,见朋友家的狗很是奇怪,便问:"其他的狗摇尾巴时总是左右摇摆,为什么你们家的狗是上下摇摆呢?"

朋友答道:"这是由于我们家的住房十分紧张。"

62. 择偶

蜘蛛和蜜蜂要结婚了。

蜘蛛感到很不满意,于是就问他的妈妈:"为什么要让我娶蜜蜂?"

蜘蛛妈妈说:"蜜蜂是吵了一点,但人家好歹也是做空姐的。"

蜘蛛说:"可是我比较喜欢蚊子……"

蜘蛛妈妈说:"不要再想那个护士了,打针都打不好,上次搞得妈水肿……"

蜜蜂也感到很不满意,于是就问她的妈妈:"为什么要让我嫁给蜘蛛呢?"

蜜蜂妈妈说:"蜘蛛是丑了一点,但人家好歹也是搞网络的。"

蜜蜂说:"可是人家比较爱蚂蚁……"

蜜蜂妈妈说:"别再提那瘦巴巴的工头,整天扛着东西跑,连台货车都没有。"

蜜蜂说:"那隔壁村的苍蝇哥也不错啊?"

蜜蜂妈妈说:"他是长得帅,但也不能拣个挑粪的……"

63. 拐猫

丈夫对妻子养的猫忍无可忍,抓起猫,走进树林扔了。回家一看,那只猫安逸地趴在门口,还满意地对他发出轻轻的呼噜声。

丈夫气坏了,把猫塞进麻袋就出了门。他走了 10 公里,向左转又走了 15 公里,再折向东北走了 12 公里,又往西走了 20 公里,然后把猫从麻袋里放出来,就自个儿走了。

一小时后,丈夫用手机给妻子打电话:"猫回家了吗?""对,5 分钟前就回来了。亲爱的,你问这干吗?"妻子感到莫名其妙。

丈夫气愤地说:"你叫这个畜生接电话,我找不着回家的路了!"

64. 外来王八

王科长喜欢到小李庄视察,他一到,村委主任肯定用大鲤鱼招待他。

这天,王科长又来了,吃罢饭,抹抹油光光的嘴,一边消食,一边参观鱼塘。他夸赞承包鱼塘的李老头:"你的鲤鱼养得不错嘛!"

"鱼是挺好,"李老头话中有话地说,"就是都喂王八了。""你这鱼塘里还有王八?"王科长不明白。

"塘里没王八。"李老头解释说,"王八是打外边窜来的。"

65.这已够便宜

一位顾客上馆子吃早餐,服务员给他端来一盘煎蛋,价钱50美分。

他认为太贵,要求退掉。

服务员耐心地向他解释:"先生,不要这样简单地看问题,要知道,一只母鸡需工作一整天才能生出这个蛋,50美分已经够便宜了。"

66.狗眼看人

有一个男子带了一只狗气势汹汹地冲进宠物店,指着老板说:"你把这条蠢狗卖给我看门,可昨天小偷去我家偷了我500元钱,它却吭都没吭一声。"

老板慢条斯理地说:"别发火,先生,很遗憾,这条狗以前的主人是个百万富翁,所以这么点钱它根本不放在眼里。"

67.遭窃

老王花了2000元买了一条狼狗,想让它给自己看家。可是刚过一天,他家就遭窃了。

邻居问老王:"家里什么东西被盗?"

老王两手一摊:"唉——刚买的那条狼狗被偷走了。"

68. 言之有理

一只老鼠和一只猫走进餐厅。

当服务员走过来时,老鼠说:"给我来碗白米饭。"

"你的朋友要什么?"服务员问。

"什么也不要。"老鼠说。

"难道它不饿吗?"

"如果它饿着,"老鼠说,"我还能坐在这儿吗?"

69. 养鸡

一个女明星退休后开了一个养鸡场,养了几百只小鸡和一群母鸡,过了几个月后那群小鸡全都死光了。

朋友问她:"你喂那些小鸡吃啥啊?"

女明星说:"我没喂东西给小鸡吃啊!"

朋友说:"那小鸡当然会死啊。"

女明星说:"小鸡不是应该由母鸡喂吗?"朋友惊讶万分。

70. 老农和驴

有一天,老农牵驴进城。

过马路的时候,驴闯了红灯,老农被罚10块钱,老农骂:"你以为你是警察啊?说闯红灯就闯红灯。"

路过一个水果摊,驴把水果摊给掀了。

老农赔了钱,又骂:"你以为你是工商啊?说掀摊子就掀摊子!"

后来,路过渔具市场,驴把路边渔网踩破了。

老农边拿鞭子抽驴边骂:"你以为你是电信啊?说下网就下网?"

驴气急了,给了老农一蹄子,老农愤怒了,"你以为你是网管啊?说踢人就踢人?"

71. 忠告

鸡棚里,老母鸡正在给小母鸡传授自己的"生存哲学"。

老母鸡说:"孩子,你一定要有危机感,工作一定要勤奋。"

小母鸡问:"这是您的忠告吗?"

老母鸡回答:"对,我们这一行有个说法,叫:'一天一个蛋,刀斧靠边站。'"

72. 驼背

一头母骆驼对另一头骆驼诉说心中的苦恼:"唉,我真不幸,我那唯一的宝贝女儿竟会有严重的生理缺陷。"

另一头骆驼忙问:"她怎么啦?"那头母骆驼重重叹了一口气,说:"她不驼背啊。"

73. 担忧

动物园里一只黑猩猩出生了,老猩猩困惑地望着自己的后代。

"别难过。"更老的猩猩安慰它,"在出生的最初几天,它们一般都很像人,过些天就好了。"

74. 代为转告

一头强壮的大象看不起一只小耗子,轻蔑地说:"毫无疑问,你是我看见的最软弱无能、最微不足道的动物。"

"我一定把你的话记下来,转告给我所认识的一只小跳蚤。"小耗子说。

75. 时过境迁

一只苍蝇和它的孩子们在一个秃头上散步。

过了一会儿,它若有所思地说:"孩子们,时间过得真快呀,我像你们这么大的时候,这里还只有一条小道。"

76. 蚊子

清晨,汤姆气呼呼地到宾馆前台退房。

服务生奇怪地问:"先生,您不是订了三天房间吗?"

汤姆说:"是这样的,昨晚我睡觉时看见一只蚊子,把它打死了——"

服务生迷惑地说:"打死一只蚊子跟提前退房什么关系吗?"

汤姆答道:"我还没说完呢,过了一会儿,又来了一大群蚊子为那只死去的蚊子开了追悼会,会后还举行了会餐。"

77. 隐患

上帝对地球的现状很不满意,决定让时光倒流一千万年,于是地球上又出现了原始的森林、草地、兽类、昆虫……

上帝要离去时,对所有动物说:"我把这个世界交给你们了,你们还有什么要求吗?"

动物们立刻一群群地跪下,指着森林边的一群猩猩齐声道:"上帝啊!请您把猩猩灭绝吧!"

78. 无辜

一对农村夫妇,这天一块儿下田干活。

路上,妻子突然想起一件事,对丈夫说:"下个月,是我们结婚三十周年的纪念,我想,至少应该宰上一头牛!"

丈夫回答:"为什么?那又不是牛的错!"

79. 找准目标

一个盲人带着他的导盲犬站在十字路口。可绿灯亮时,导盲犬不但没有领着主人过马路,反而在主人裤子上撒了一泡尿。

奇怪的是,那个盲人不但不生气,反而拿出一块饼干喂狗。

小明见了,很是惊讶,说:"如果那是我的狗,我一定会踢它的屁股的。"

盲人附和道:"我也想这么做,但我必须先找到它的头。"

80. 不必抱怨

有位女士到集市上购菜,看见鸡蛋像乒乓球般大小,忍不住向摊主抱怨说:"这么小的鸡蛋也卖五毛钱一个,这也太贵了!"

摊主对这个女士说:"太太,我可不想为多赚几分钱让母鸡难产而死啊。"

81. 一头猩猩

酒吧主人养了一头猩猩,每碰上客人闹事,他就将它放出来,让它把闹事者揪住扔到停车场里。

一天,来了一个身材高大的农夫,三杯黄汤下肚就大吵大闹起来,酒吧主人就把猩猩放了出来,猩猩揪住那人就往门外走,接着,从门外传来打闹的声音。

一会儿,那农夫歪歪扭扭地走进来,说:"哼,有的人只不过穿了件皮大衣,就自以为了不起!"

82. 彼此彼此

一户农家的一头母鸡这几天蹲在窝里就是不下蛋,大娘气得拿着鸡毛掸子去赶它出窝。

一旁的大爷乐呵呵地说:"老婆子,别赶了,谁叫你前几天把那只公鸡杀了,你没见闺女去年和邻村王家小子'吹'了以后,也在床上躺了一个多星期吗?"

83. 妙招

一位农民老大爷打场时,不小心让一粒谷种掉进了耳孔内,掏了半天也掏不出来,只好去看医生。

医生让老汉住院,每天往他耳孔内滴水。

那个老大爷不解:"怎么不滴药呢?"

医生说:"我要让谷种见水后发芽,从耳孔内长出绿苗苗,这样只要拔苗苗就行了。这难道不是最好的办法吗?"

84. 下雨的概率

雷奥去参观气象站,有幸见到许多预测天气的最新仪器。

参观完毕,雷奥问站长:"你说有百分之七十五的概率下雨,这概率是怎样计算出来的?"

站长立马答道:"我们这里有四个人,其中三个认为会下雨。"

85. 配件

一汽车配件厂,天长日久,门牌上的"件"字的部首掉了,成了"汽车配牛厂"。

一天,一老汉牵着一头牛从汽车配件厂前经过,他张望着自言自语道:"用汽车配牛,最差也得生台拖拉机呀。"

86. 空中求援

跳伞员们正在进行空中演习。

一个跳伞员跳出机舱后,却怎么也打不开降落伞,只能毫无希望地飞速下坠。

然而,在离地面六百米的空中,他遇上了一个被一阵爆炸气浪掀上天的妇人。

跳伞员拼命向那妇人吼道:"你能打开降落伞吗?"

"不!"妇人回叫道,"你会修液化气炉吗?"

87. 看衣服的狗

在海滨游泳场,一个男子望了望岸上的狗跟另一个男子说:"您养了一只很好的狗,它为你看管衣服,寸步不离。"

另一个男子沮丧地说：“可惜那不是我的狗,我在这里泡了两小时了,就是不敢去拿自己的衣服。”

88. 没人偷哈里

这天,一群朋友分成几对去猎鹿。

到了晚上,有一个猎手独自一人回来了,他背着一头母鹿步履蹒跚地走来。

“哈里哪儿去啦？”另一个猎手问他。

“他在路上晕倒了。”他答道。“你怎么能让他一个人躺在那儿,却背着鹿回来了呢？”

“是啊。但是,我认为没有人会把哈里偷走。”他回答。

89. 菜盆

小饭店里一只小狗对着一位客人狂吠。

这位客人大惑不解道：“这是怎么回事？我又没惹着它。”

老板娘忙过来打招呼说：“对不起,它在对你生气呢,因为厨房里盆子不够了,未经它允许,我私自给您用了他的菜盘。”

90. 怎能不哭

一天,动物园的一只大象突然死去,饲养员赶来立即伏在大象身上痛哭起来。

游客们见此情景,不由深受感动,纷纷说:"这位饲养员和这只大象的感情真是太深了。"

不料有一人插话道:"这个动物园有个规定,如果谁饲养的动物死了,那么那个动物的墓穴就得由那个饲养员去挖。他怎能不哭呢?"

91. 更愚蠢

农夫到市场买农具。

货主对农夫说:"买辆自行车吧。自行车不吃什么,你可随便上哪,如果你买,只付90先令就可以了。"

农夫笑笑说:"我宁可把钱存起来,买头牛。"

货主不同意说:"骑在牛背上来回走,显得多傻气。"

农夫顺接货主的话说:"如果我挤自行车的奶,看上去会更愚蠢。"

92. 瞎还是不瞎

每天傍晚,布莱克先生都会在回家路上见到一个乞丐:他衣衫褴褛,可怜兮兮地坐在路边,身边蹲着一条老狗,狗脖子上挂着一块木牌,上面写着"我是个瞎子!"。

布莱克先生是个心地善良的人,他每天都给那可怜人一些钱。

一天,布莱克先生因为有要务在身,没有停下来给那乞丐钱就走了。

那人迅速站了起来,追着他喊:"今天您还没给我钱呢!"

布莱克先生惊讶地问道:"你不是个瞎子吗,怎么可能看得见我?"

乞丐说:"不,我不瞎,我那条老狗才是瞎子。"

93. 势利

冬天,外星人在地球上捉了一个人又捕了一只狼,分别放在两个笼子里。

外星人回到驻地,问他的老师:"教授,你说这两个动物哪一个更高级?"

教授指了一下狼说:"它更高级。"外星人又问:"为什么呢?"

教授很有把握地说:"因为它穿的是皮草,而另一个穿的却是破棉袄。"

94. 狗知道吗

一天,一个法国人去拜访他的英国朋友,他走到屋前,一条健壮高大的狗飞奔出来,向他狂吠着。

他吓坏了,一面挥舞着手,一面往后逃。

这时候,他的英国朋友从里屋走了出来,看到自己的朋友一副狼狈相时,笑着说:"不用怕,不用怕,你难道不知道'会叫的狗不咬人'这条谚语吗?"

"噢,知道,"法国人惊魂未定地答道,"我知道这条谚语,你也知道,可这狗……这狗知道这条谚语吗?"

95. 情况紧急

一旅行者归来,他向人们讲述他在撒哈拉沙漠中的经历。

旅行者说:"有一次外出,在野外我突然遇上了一头狮子,于是我赶忙爬上了一棵高高的橡树——"

他的一位朋友连忙说:"可是要知道,撒哈拉那里根本不长橡树呵!"

"咳!"旅行者顿了一下,答道,"当时情况那么紧急,谁还考虑这个呢?"

96. 养鸽秘诀

大李人养的鸽子飞得又快又准。

有人向他讨教秘诀,他得意地说:"我把信鸽与鹦鹉交配,所以它们会问路。"

97. 丛林狩猎

美国游客准备第一次去丛林狩猎,满怀信心地能处理各种特殊情况。

他问当地有经验的向导:"我听说拿火把能避开狮子。"

向导回答:"没错,但这要看我拿火把时跑多快了。"

98. 心领神会

老技师一边修理一个姑娘的电视机,一边向徒弟传授维修技术。

当两人把电视从墙边拉到地板上时,老技师告诫他的新徒弟:"你在地板上干活一定要小心,说不定什么时候玛格丽特湿乎乎的嘴唇就会贴到你脸上。"

徒弟似乎心领神会,高兴地往姑娘那边儿瞧了瞧。

姑娘赶忙把她的爱犬介绍给年轻的徒弟:"它就是玛格丽特。"

99. 山地人

一个山地人在失踪一个星期后,步履蹒跚、筋疲力尽地回到家。他的衣服被撕破了,鞋子也磨穿了。

"你到哪里去了?"他的妻子问。

"我去查看酿酒场,当我走出木房时,看到一个大黑熊站在我面前,我拼命地逃,它在我后面追,最后我把它甩掉了。我从来没跑得那么快。"

"但这是一个星期前的事了。从那以后,你干什么去了?"妻子又问。

山地人倒在一张椅子上说:"往回走!"

100. 误会

一条蚯蚓弯弯曲曲地经过一片高原,偶然遇见了另一条长得非常漂亮的蚯蚓,并立即爱上了她。

"和我结婚吧,"他动情地说,"我能使你幸福的。"

于是,他所爱慕的对象抱怨道:"噢,你这老傻瓜,闭上你的嘴,我是你的另一头。"

101. 狩猎

狩猎协会要求会员携带雄猎犬去猎狐,可是有个资深会员只有一只雌猎犬,狩猎会只好权宜特准他带雌猎犬参加。

群犬放出后立即一冲向前,转眼便失去踪迹。

那些打猎的人遍寻猎犬不获,便停下来向田里的一个农夫问道:"你看见一群猎犬经过没有?"

"看见了。"农民回答。

"它们到哪里去了?"

"不知道,"农民有点困惑地回答,"但是狐狸跑在后头,我还是第一次看见!"

102. 会唱歌的鹦鹉

一位牧师去访问他教区里的一位老太太。

在老太太家,他看见有一只鹦鹉两腿上各系了一条绿色缎带,牧师感到很奇怪,于是便问老太太这是什么。

"如果我拉它右腿上的缎带,"老太太说,"它就为我唱一支欢乐的曲子——《基督兵向前进》;如果我的情绪不好,我就拉系在它左腿上的缎带,于是它就会为我唱一支《忍耐与我同在》。"

"真是妙极了。"牧师说,"但如果你同时拉动两条缎带的话,那将会怎样呢?"

"那我就会从栖木上掉下去了,你这个老傻瓜!"鹦鹉突然答道。

103. 俘虏和马

一个骑兵在作战中不幸被俘,敌军首领决定在他死前的三天满足他三个要求。

骑兵想也没想,说:"我想对我的马说句话。"首领答应了。

于是骑兵走过去,对他的马耳语了一句。

那马听后,长啸一声,疾驰而去。

黄昏时分,马回来了,背上驮着一个漂亮女郎。

当天晚上,骑兵便与女郎共度良宵。

首领啧啧称奇:"真是一匹神奇的宝马!"他说,"不过,我还是要杀你。你的第二个要求是什么?"

骑兵再次要求和马说句话。首领答应了,于是骑兵再次跟马耳语了一句,那马又长啸一声,疾驰而去。

黄昏时分,马又回来了,这次背上驮的女郎,比上次那个更加性感动人。

当天晚上,骑兵与这位女郎又度过了欢乐的一晚。

首领大为叹服:"你和你的马都令人大开眼界,现在你可以提出你最后一个要求。"

骑兵想了一下,说:"我想和我的马单独谈谈。"

首领觉得很奇怪,不过还是点头应允着离开。

骑兵死死地盯着他的马,突然揪住它的双耳,气冲冲地说:"我再说一遍,带一个旅的人来,不是带一个女人来!"

104. 就是不说话

一个孤独内向的年轻人,决定买一只能言善辩的巧嘴鹦鹉陪他聊天。

老板指着窗边的一只鸟儿说道:"那只鸟是我这里最棒的,

它会说 1000 个词汇,还会用 50 个成语呢。"

年轻人听后甚是中意,将这只巧嘴鹦鹉买回家来。

第二天,年轻人返回到宠物店,向老板抱怨道:"这只鹦鹉不知道怎么回事,回家后一句话也不说。"

老板想了想回答道:"是有点不大正常。不过,这只鸟儿在这里的时候,喜欢玩玩具,我建议你买几样它喜欢的玩具放到它的笼子里。"于是年轻人掏出钱来在宠物店买了几样玩具。

两天后,年轻人又回来了,鹦鹉还是没开口说话,老板建议他买个漂亮的水盆给鹦鹉,于是,年轻人买了水盆。

又过了两天,年轻人又来了,不过这次他是带鹦鹉一起来的,老板注意到,那只鹦鹉已经死了。

"发生什么事了?它还是没开口说话?"老板看着死去的鹦鹉惊讶地问道。

"不,死之前,它终于开口说话了。"年轻人回答。

"它说了一句什么话?"老板继续问。

"它说,"年轻人学着鹦鹉的腔调,"见鬼,难道宠物店不卖鸟食吗?"

105. 猫价浮动

在市场上,一名顾客问:"这只猫多少钱?"店主回答:"先生,100 法郎。"

"可昨天您只要 20 法郎。"那名顾客不解地说。

店主振振有词道："今天早晨它吃了我家一只价值 80 法郎的鹦鹉。"

106. 拒绝拍摄

电影导演准备拍摄一组人虎嬉戏的镜头,可是演员却拒绝拍摄。

"别害怕",导演对演员说:"参加拍戏的这只老虎是在动物园里出生的,它是叼着橡皮奶头、喝牛奶长大的。"

"那能说明什么?"演员说,"我是在妇产医院里出生的,我也是叼着橡皮奶头、喝牛奶长大的,可我照样爱吃肉。"

107. 好香啊

出租车在公路边停了下来,司机看到几位游客正在烧烤一种他不认识的动物,便上前搭讪道:"好香啊,你们烧的是什么?"

游客头也不抬地回答说:"树枝!"

108. 西瓜和葡萄

一个美国游客在卡拉奇逛市场,他看见水果摊上的香蕉、苹果、樱桃都很小,便高傲地对导游说:"我们美国的水果,个儿比你们大多了,看来你们不懂得栽培,要好好向我们美国学习。"

导游随手从水果摊上抓起一个大西瓜,问美国游客:"那么,这种水果你们那里叫什么?"

美国人答道:"西瓜。"

导游高傲地说:"在我们巴基斯坦,这种水果叫葡萄。"

109.打猎

一个从没有离开过城市的小伙子到乡下去看他的叔叔。

玩了几天后,小伙子就觉得没劲了。于是,他的叔叔把自己的猎枪、弹药和几条猎狗交给他,对他说:"我要干活,你带上它们到外边林子里去找点乐子吧,可别浪费弹药。"

过了半小时,小伙子兴高采烈地回来了。他叔叔问:"这么快就回来了? 好玩吗?"

小伙子答道:"真是太好玩了! 我的子弹还没用完呢,还有更多的狗给我打吗?"

110.晕倒的猎人

猎人骑着马牵着猎狗去打猎。他们走了很久也没打到猎物。

马忍不住了,说道:"你们不饿,我都饿了!"

猎人听见马会说话,吓得牵起猎狗就跑。跑了很久,看马没有追上来,猎人便停在一棵树下休息。

那只猎狗拍着胸脯说："吓死我了,那匹马竟然会说话,太可怕了!"

"扑通"一声,猎人晕倒在地……

111. 谁比谁毒

一个瓜农的西瓜田每天晚上都被小偷光顾,他想了很久,终于想出一个好办法。他写了一个告示牌:警告!这些西瓜中有一个注射有剧毒!

果然从第二天开始没有再丢一个西瓜。

不过一星期后,他看到牌子上多了一行字,当下全身凉了半截。

牌子上写着:现在有两个。

112. 生日礼物

一天,一位顾客正在狗商店选购狗服装。

他尽量向店员描述自己的那个只狗,但是,店员听了半天仍没听明白,于是就建议他把狗带来,以便让它能穿上合适的衣服。

这位顾客连连摇头,说:"我不能这样做,因为这是给狗的生日礼物,我不想让它知道。"

113. 从天而降

吉米夜晚跳伞,为避免在空中和别人相撞,挂了满身红色和白色的闪光灯,但是他误把一处灯火通明的地方当作目的地,降落后才知道错了。

他看见一位妇人站在那里吓得直抖,便连忙问:"这是什么地方。"

妇人答:"地球。"

114. 特大蚊子

美国内华达州的蚊子巨大无比。

某空军基地的人很有体会,他说:"我们经常在准备给飞来的直升机加油时,意外地发现隆隆而来的不过是只蚊子而已。"

115. 难喂的猪

一个人问农夫道:"你用什么喂猪?"

"用吃剩的东西和不要的菜皮。"农夫回答。

"这样说来我该罚你,"那人道,"我是大众健康视察员,你用营养欠好的东西去喂供大众吃的动物是违法的。罚金一万元。"

过了不久,另一个穿着整齐的人走来问农夫道:"多肥大的猪啊！你喂它们什么？"

"鱼翅、鸡肝、海鲜之类。"农夫回答。

"那么我该罚你，"那个人说，"我是国际食物学会的视察员。世界人口有三分之一饿肚子，我不能让你用那么好的食物喂猪。罚你一万元。"

过了几个月来了第三个人。一如前两位，他在农夫的围栏上探头问道："你用什么喂猪？"

"老弟，"农夫回答，"现在我每天给它们十块钱，它们想吃什么就自己买什么。"

116. 让狗惭愧

小王楼下一楼住户不知从哪儿弄来一只大狗，初来乍到，它警惕性非常高，一有点响动就狂吠不已。

周日，小王去接小侄子回家。

刚进一楼，一条大狗就"汪汪汪"大叫起来，吓得小王心惊肉跳。小侄子却一点也不害怕，扯起嗓子对着大狗喊："吐吐吐。"

奇怪的是，"吐吐"几声后，大狗居然偃旗息鼓，并且发出可怜的"哼哼"声。

回到家，小王问小侄子用了什么法子，竟然能镇住凶猛的狗。

小侄子洋洋得意地说："狗对你汪汪叫，是在说 one（1），你就回 two（2），这时狗因为无法回你 three（3），非常惭愧，就不叫了。"

117. 区别

星期天,丈夫打苍蝇,妻子织毛衣。

妻子问丈夫:"你忙活半天,打了几只?"

"五只,三公两母。"

"你说什么?"妻子感到很奇怪,"你能区别出它们的公母?"

"这很简单,剃须刀上的三只是公的,梳妆台上的两只肯定是母的。"

118. 杀鸡

农夫要杀鸡,却逮不着,于是抓起母鸡对公鸡说:"再不下来,我让你当光棍!"

公鸡说:"你以为我傻呀,我下去了,她就成寡妇了。"

119. 路标

几个记者去草原采访,临时雇了位年轻的卡车司机帮忙。

他们特意叮嘱司机提前选定路标,以便辨认去草原的岔道。

可是他们第一天就迷路了。

"你没有选定什么标记好让你记得在哪儿转弯?"一个记者问那司机。

"有哇!"他回答,"不过那些母牛都走了。"

120.一张卡

有一只猴子捡到一张打电话用的 IP 卡,它眼神不好,就跳到树上去看。

这时正巧一个响雷劈下来,猴子吓得从树上摔了下来。

最后,猴子终于恍然大悟,说:"哦,原来是张挨劈(IP)卡呀!"

121.区别

生物课上,老师提问:"青蛙和癞蛤蟆有什么区别?"

刘二答道:"青蛙是保守派——坐井观天,而癞蛤蟆是革新派——想吃天鹅肉!"

122.谁的狗聪明

甲、乙、丙三位夫人,聚在一起,正各自夸耀着自家的狗。

甲夫人说:"我家的狗很聪明,不但会看门,还会看人。凡是提着礼物的它让人进屋,凡是没有提礼物的它就不让进。"

"这没有我家的狗聪明,"乙夫人说,"我家的狗不光会看门、看人,还会看事。"

"看事?"

"是啊，"乙夫人不好意思地说道，"昨天我们在家亲热的时候，那条狗就咬住了一个要进屋的人，死活不松口。"

"你家的狗真聪明！"甲夫人笑着说，"你老公肯定很喜欢这只狗！"

"不，不喜欢。"乙夫人说，"它咬的就是我老公。"

123. 养狗的理由

阿琼和小莉路过一家宠物店，店里正有个顾客在买狗。

阿琼突然问小莉："你知道有些人为什么那么喜欢养狗吗？"

小莉说："当宠物呗！"

"不对，"阿琼回答，"他们是为了从狗身上寻找良心。你没听人说嘛，良心都被狗吃了。"

124. 意外

有对老鼠夫妻，婚后不久，老鼠妻子就在丈夫面前嚣张起来。老鼠丈夫很生气，决定好好吓唬吓唬它的妻子。

夜里，老鼠丈夫就学起了猫叫，谁知，老鼠妻子听到叫声后不但不害怕，反而柔情蜜意地说："猫哥啊，别叫了，我丈夫还没出差呢！"

125. 无籽瓜

无籽西瓜被研制成功后频繁参加各种庆功会、报告会,风光无限。

其他西瓜十分羡慕,其中一只西瓜却酸酸地说:"美什么呀? 都没下一代了。"

126. 摩丝

一天,母老鼠跟踪公老鼠,发现自己的老公钻进了草丛。

不一会儿,草丛里钻出一只刺猬,母老鼠以为是自己老公,气坏了,大骂道:"死鬼,还说没外遇,喷这么多摩丝想去勾引谁呀? "

127. 打基础

年轻的猴子开了一个糖果专卖店,引得百兽纷纷来解馋。

老猴子不解地问:"按说咱们该经营水果才对呀!"年轻猴子说:"爹,请注意,我现在正在攻读口腔专业!"

128. 标志

家里的蚊香用完了,蚊子总是不停地从窗外飞进来。

弟弟又气又急,于是急中生智,在一张纸上写道:"房内点着蚊香",然后把这六个大字挂在窗上。

可是,蚊子还是不停地从窗口飞进来。"一群文盲!"弟弟感慨道。

不过,他并没泄气,又拿来一张纸挂在窗口。只见上面画着一支点燃的蚊香,旁边还有几只死蚊子。

129. 车祸

一批外国游客到美国西部度假,见到一个牧牛人趴在公路旁,耳朵贴着地面,一动也不动,游客好奇地问道:"发生了什么事情?"

那牧牛人说:"两匹马,一匹灰色,一匹红棕色,拉着一辆大车,车上面坐了两个男人,其中一个穿红色衬衣,另一个穿黑色衬衣,他们向东边去了。"

一个游客惊讶道:"哇,好厉害! 你是不是懂得伏地听声?"

牧牛人答道:"什么呀,刚才是那两个人驾马车把我撞倒的!"

130. 失火

一位好莱坞影星的豪华别墅失火了。

主人吩咐女仆:"赶快通知电视台、广播电台和各家报社的记者。"

"好吧,先生。可消防队还要不要通知呢?"女仆问。

131. 木马

晚会上，主持人问道："给你们猜个谜语，猜一种动物：它有眼不能看，有腿不能走，却能和帝国大厦跳一样高。"

大家绞尽脑汁，但还是猜不出来，最后只好等候揭晓了。

主持人说："答案是：一匹木马。"

大家都不服气，又问："木马有眼不能看，有腿不能走，但它又怎能与帝国大厦跳得一样高呢？"

"帝国大厦不能跳。"主持人解释道。

132. 安眠药

颜容憔悴的病人对医生说："我家窗外的野狗整夜吠个不休，我简直要疯了！"

医生给他开了安眠药。

一星期后，病人又来了，看上去样子比上次更疲惫。

医生问："安眠药无效吗？"

病人无精打采地对医生抱怨道："我每晚去追那些狗，可是即使好不容易捉到一只，它也不肯吃安眠药。"

133. 昂贵的鹦鹉

一个人去买鹦鹉，看到一只鹦鹉前标：此鹦鹉会两门语言，售价二百元。

另一只鹦鹉前则标道:此鹦鹉会四门语言,售价四百元。

该买哪只呢?

两只都毛色光鲜,非常灵活可爱。这人转啊转,拿不定主意。

结果他突然发现一只老掉了牙的鹦鹉,毛色暗淡散乱,标价八百元。

这人赶紧将老板叫来:"这只鹦鹉是不是会说八门语言?"

店主说:"不"。

这人奇怪了:"那为什么又老又丑,又没有能力,会值这个数呢?"

店主回答:"因为另外两只鹦鹉叫这只鹦鹉师傅。"

134. 鲨鱼

一个星期天,摩根和两个朋友到海里去游泳。

摩根问一个正在海边钓鱼的孩子:"这里有鲨鱼吗?"

那个孩子回答说:"没有。"

摩根和朋友们跳进了海里。游了一会儿,摩根又问那个孩子:"这里真的没有鲨鱼吗?"

那个孩子说:"真的没有鲨鱼,因为鲨鱼怕这里的鳄鱼……"

135. 埋金鱼

小蒂米在往坑里填土。

一个邻居走上前去问他在干啥,蒂米眼泪汪汪地答道:"我的金鱼死了,我在埋它。"

邻居显得很疑惑:"埋一条金鱼用不着这么大的坑啊!"

蒂米用力将土墩拍实了一下,说:"金鱼在你家那猫的肚子里。"

136. 火灾与水灾

纽约饭店里悬挂着一块告示牌。上面写着:"请将烟头掐灭!请记住发生在芝加哥的火灾。"

在这块告示牌的下面,有人加写了一句:"请不要随地吐痰!请记住发生在密西西比河的水灾!"

137. 相片题名

有一对夫妇带着爱犬出游,在路上拍了许多合影,回家后请一位好友为相片题名。

好友略加思索,拿起笔来在相片的背面写道:狗、男、女。

138. 酒鬼的狗

格林太太带着她的爱犬在小区里四处溜达,一个邻居对她说:"你家的狗怎么走起路来总是歪七扭八的?"

格林太太同情地看了看狗:"可怜的小东西。"她接着解释说,"我丈夫从酒店里回家的时候,它总是尾随跟着,跟惯了。"

139. 血海深仇

主人养了一只公鸡和一只母鸡,两只鸡相处得一直很好。

可是有一天,公鸡拼命地啄母鸡,直到母鸡鲜血淋漓还不罢休,好像有血海深仇似的。

主人不解,到鸡窝一看,原来鸡窝里有一只鸭蛋。

140. 聪明的小狗

一天,嘴馋的小狗跳上餐桌寻找食物,发现一只烤鸡。

正想吃时,主人突然大叫:"如果你敢对那只鸡怎样,我就对你怎样!"于是小狗舔了一下鸡屁股。

141. 第二步

两个猎人在森林里打猎,其中一个猎人不慎跌倒,两眼翻白,似已停止呼吸,另一猎人赶紧拿出手机拨通紧急求助电话。

接线员沉着地说:"第一步,要先确定你的朋友已经死亡。"

于是接线员在电话里听到一声枪响,然后听到那猎人接着问:"第二步怎么办?"

142. 妙作善后

一对年过半百的夫妇在海上旅行时遇到了风暴,老妇人被卷下海去。

营救的船只搜寻了好几天,仍是活不见人,死不见尸。船长只好将老头儿送上岸去,并承诺一有发现就通知他。

三星期后,老头儿收到轮船公司发来的一份电报:"先生,我们深感悲痛地告知您,夫人的遗体在海底找到了。拖上甲板后发现她的臀部附着一只牡蛎,牡蛎壳内含着一粒价值五万美元的珍珠,请问您想怎样处理夫人的善后事宜?"

老头儿立刻回电道:"请寄来珍珠,并速将诱饵再放入海底。"

143. 味道好极了

一位好莱坞导演决定送给母亲一件生日礼物。听说那只小鸟能用 12 种语言讲话,还可以唱 10 首著名的歌曲,就立即买下这只鸟,花了 5 万美元。

在母亲生日的第二天,他给母亲打电话:"您觉得这只鸟怎么样?"

母亲愉快地回答道:"味道好极了。"

144. 教育得法

约翰在河边钓鱼,太太在一旁唠叨不休。不久,有一条鱼上钩了。

太太见了,感叹道:"这鱼真够可怜的。"

约翰对太太说:"是呀,只要它闭嘴,不也就没事了吗?"

145. 斗鼠

约翰先生住在旅馆里。这天早上,他无精打采地走到前台,找到服务员。

"服务员,昨天夜里,我醒来的时候,你猜我看见了什么?我看见两只老鼠在房子中间相斗,这真是岂有此理!"约翰先生说。

"先生,您以为您花36克朗来住我们的旅馆,我会为您举办西班牙斗牛比赛吗?"服务员说。

146. 我也这么想

一个70岁老翁告诉他的医生说:"我使我22岁的妻子怀孕了。"

医生说:"有一次我去打猎,迎面扑来一头狮子,我急忙扣动扳机,枪没响,狮子却被打死了。"

老翁说:"这不可能,一定是别人干的。"

医生说："我也这样认为。"

147. 名牌

一大款和一老汉在鱼塘钓鱼。

过了一会儿,老汉钓到了一条大鱼,大款却什么动静也没有。

他不解地问老汉:"我用的钓具是名牌,为什么钓不到鱼?"

老汉想了想,说:"因为这鱼塘里没有名牌鱼。"

148. 不速之客

办公室里突然闯进一个狂怒的男人。

他大声喊道:"动物保护协会是不是在这儿?"

工作人员打量了他一下,说:"是这儿,先生,请问究竟是谁欺负您了呢?"

149. 妙答

下午茶时间,一位顾客正悠闲地喝着咖啡,突然他发现他的杯子里有不明飞行物,于是找来服务员:"小姐,我的咖啡里怎么有一只苍蝇?"

服务员停了一会用非常温柔体贴的语气说:"先生!一元钱一杯的咖啡,你还想要什么呢——一只大象?"

150. 害羞的牛

一位顾客气冲冲地拿着一双皮鞋跑到鞋店,对老板说:"这是什么牛皮鞋,才穿几天就破了?"

老板和气地说:"先生,这说明您恰好碰到了一头害羞的牛。您想想,它没见过世面,脸皮薄,见了生人当然挂不住啦!"

151. 退货

张小姐买了一包胡豆,回家一吃,觉得有股怪味,于是就回到商店去退货。

刚走进商店,就看见一只老鼠在被卖的水果糖上爬,张小姐大叫起来:"你看你们这卫生搞的! 老鼠都在水果糖上爬!"

营业员不慌不忙地说:"我们卖的是'米老鼠牌水果糖'啊。"

张小姐吼道:"那你们卖给我的这胡豆又怎么说,一股怪味,根本就没法吃!"

营业员微笑着说:"小姐,我们这里卖的是'怪味胡豆'啊。"

152. 认真的伙计

新来的伙计做事特别细致认真。

第一天上班,他打扫一个金丝雀鸟笼用了一个小时,清洗一个鱼缸用了两个小时,然后他问老板,还有什么事要做。

老板早已忍无可忍,嚷道:"你带着乌龟散步去吧!"

153. 谁跑得快

安妮的父亲虽80多岁,却思维敏捷,富于幽默。

一次,他和安妮玩游戏,轮到安妮向他提问,她拿着问题卡片念道:"哪个跑得快?癞蛤蟆还是青蛙——"

"当然是癞蛤蟆。"还没有等安妮说完,父亲毫不犹豫地回答了。

安妮惊奇地问:"你怎么这样肯定?"

"一定是癞蛤蟆快些,"他解释说,"你什么时候在饭店的菜单上见过癞蛤蟆腿?"

154. 打蟑螂

一位老太太买了三袋卫生球。

第二天她又来到商店里。

"请再给我六袋卫生球。"她对店员说。

店员吃惊地看着她:"您家一定有很多蟑螂。"

"是的,"老太太答道,"我花了一整天时间用昨天买的卫生球砸蟑螂,可至今我才砸中一只。"

155. 喜好

在自然常识课上,自然课老师在给学生们讲动物。

小明举手说:"我们全家都喜欢动物。"

老师笑着问:"都喜欢什么动物呀?"

小明认真地回答:"妈妈爱猫,哥哥爱狗,姐姐爱兔子。"

老师问:"你爸爸呢?"

小明眨巴着眼睛,说:"妈妈说,爸爸就喜欢隔壁人家那个狐狸精。"

156. 认鸡

汽车把一只鸡压死了。

司机问一个小孩:"这鸡是你家的吗?"

小孩仔细地瞧了瞧,答道:"一切都很像,不过,我家的鸡没这么扁。"

157. 限制级的

汤姆在睡觉前总要听爸爸说段故事才能睡得着,这天,爸爸又给汤姆讲起了故事:"以前,有一只青蛙……"

汤姆问:"爸爸,我今天不想听童话故事,你可以讲科幻故事吗?"

爸爸说:"好,在太空,有一只青蛙……"

汤姆摇摇头说道:"算了,爸爸,为了庆祝我8岁生日,你可以讲限制级的故事吗?"

爸爸小声地说:"好吧,可别让你妈妈知道……有一次,一只没穿衣服的青蛙……"

158.最佳动物

父亲和儿子一起看电视节目《动物世界》。

父亲说:"我来考考你,哪些动物既能给你肉吃,又能给你皮鞋穿?"

儿子想了一下说:"那就是爸爸了!"

159.不屑一答

电视上正播放着美国动画片《米老鼠和唐老鸭》。小李家5岁的侄儿时常被逗得咯咯大笑。可他并不懂英文,他怎么会看得如此开心呢?

于是,小李好奇地问:"你知道它们说些什么?"

"我怎么能听懂鸭子的话呢?"侄子极不耐烦地回敬了一句。

160.玩游戏

周末,小汤姆来找小约翰出去玩,小约翰的妈妈正在做美味的草莓蛋糕。

小汤姆对小约翰说:"咱们别出去,就在你家玩儿吧。"

小约翰问:"咱们玩什么呢?"

"玩游戏。"小汤姆接着说,"我是动物园的猴子,关在笼子里。现在你来逗猴子玩儿,喂猴子香蕉、糖果,还有草莓蛋糕吃。"

161. 蘑菇

儿子拿着一本自然常识作业本,问妈妈:老师问蘑菇长在什么地方?

母亲说:"告诉你,蘑菇长的地方非常潮湿,特别爱下雨。"

儿子挠了挠头,恍然大悟般说:"噢,我懂了,怪不得蘑菇都长成伞的形状呢!"

162. 聪明的男孩

男孩伊凡牵着一头驴从部队的营地经过,两个士兵想拿他开玩笑。

一个士兵问:"小家伙,你为什么把你的弟弟拴得这么紧呀?"

伊凡回答说:"我怕他参军啊!"

163. 不必介意

吴太太心情郁闷,于是向张太太诉说心中的苦恼:"我那老伴总在打女人主意,怎么办?他今年都70岁了。"

张太太连声道:"我家小狗见车就追,你以为它真想开车吗?"

164. 打赌

一个父亲带着他6岁的儿子经过赛狗场。

孩子问:"那个场地是干什么用的?"

"那是大人赛狗的地方。"父亲笑答。

孩子想了一会儿,然后说:"我敢打赌,一定是狗赢。"

165. 破车

一农场主夸耀他的养牛场之大,说:"我开着汽车沿着我的养牛场绕一圈,得花两天时间!"

谁知,听众中一老者深表同情地说:"我很理解你,当年我也有这么一部破车!"

166. 游过大西洋

一个到苏格兰旅游的美国人看到一个老牧羊人带着一只狗,美国人非常喜欢这只狗,愿意出50英镑买下。

可老人毫不犹豫地拒绝了："我不能把杰克卖出去。"

过了一会儿，一个英格兰人要买这只狗，出价也是50英镑，老牧羊人爽快地答应了，收下钱，把那只叫杰克的狗交给了对方。

美国人看到非常生气，说："你不是说不卖这只狗吗？"

"不，不！"老人说道，"我是说不能把杰克卖到美国去，无论离开家多远，过不了几天杰克都会自己回来，但我想它不能游过大西洋。"

167. 狼

两老汉倚着墙根晒太阳。

说到子女的不孝，一老汉感慨道："我那三个孩子个个都不是好东西，扒了我的皮还要啃我的骨头，活活就像三只狼！"

另一老汉笑着拍拍他的肩膀，说："现在好了，上级有政策，一对夫妻只准生一只'狼'。"

168. 好长一只狗

有个盲人，走路时踩着了一只正在睡觉的狗的脑袋，狗"汪汪汪"地叫了起来。

这人继续往前走，一会儿踩到了另一只狗的尾巴，狗又"汪汪汪"地叫了起来……

这时,盲人歪着头自言自语地说:"嘀,这只狗可真够长的!"

169.古树的年龄

一位将军新买的牧场里有一棵参天古树,据说有300年的历史,所以他额外支付了一笔钱。

回城后,朋友们都不相信那棵树有那么长的年代。于是,将军就派管家去验证树龄。

管家回来后报告主人:"这棵树竟然有332年历史了!比我们预想的还长!"

将军说:"干得好!可你是如何准确算出它的年龄的?"

管家得意地回答:"这很简单,把它砍倒后数一下它的年轮不就知道了吗?"

170.大萝卜

一个美国人和一个巴西人在吹牛。

美国人:我们那里有一座很高很高的桥,有一头牛去年从桥上掉下去,现在还没有落水。

巴西人:我们那里有一个很大很大的萝卜,它从十年前开始就从来没有停止过生长。

美国人:那我倒要去看一看。

巴西人:不用了,很快它就会长到这里来了。

171. 我们家的

琼斯怀第四胎时,邻居家的母狗也将临产。

琼斯心想现在也许是解释小孩是怎么来到世界上的最好时机,于是她带着3个儿子去观看母狗生产。

几个月以后,琼斯分娩了,丈夫带领儿子们来医院看他们的小弟弟。

当他们都站在育儿室窗前向内看时,3岁的儿子问琼斯:"这些全是我们家的吗?"

172. 聪明的骡子

一天,希特带着骡子去市场,有个朋友正好开车经过,叫希特上车搭一段路,骡子就跟在车后面。

开了一段路,车速开始提高,骡子仍旧紧跟。

朋友见此,有些担心地说:"不好了,骡子舌头都吐出来啦。"

希特问:"你看看它的舌头朝哪边吐?"

"朝左。"

"好的,我知道了,保持方向,它要超车了!"

173. 爱护动物

老师要同学们每人举一个爱护动物的例子。

金虎马上举手回答:"我踢过我家隔壁的丽丽,因为她踢了她家的小狗。"

174. 神奇的小狗

有一家人非常懒惰。

爸爸叫妈妈做家务事,妈妈不想做,就叫大女儿做,大女儿也不想做,就叫妹妹做,但是妹妹也不想做,就叫家里的小狗做。

有一天,家里来了一个客人,发现小狗在非常熟练地做着家务,他非常惊讶,感叹道:"想不到小狗竟然会做家务!"

小狗说:"没办法,他们不做,都叫我做啊。"

客人更加惊讶了:"你竟然会说话啊?"

小狗急忙"嘘"了一声,说:"小声一点,要是他们知道我会说话,一准叫我接电话!"

175. 动物和植物

一个大学生参加了学校组织的下乡活动。

这天,他去田头找村主任办事,忽然发现一头驴子在偷吃麦子,可是他既不认识麦子又不认识驴子,他急中生智,大叫道:"快来人呀,快来人呀,动物吃植物啦!"

176. 缘分

一只黑猩猩走路,不小心踩到了长臂猿的粪便。

长臂猿帮黑猩猩擦洗,结果产生了感情,它们相爱了。

后来,有人问黑猩猩是怎么跟长臂猿相爱的。

黑猩猩感叹道:"猿粪,都是因为'猿粪'（缘分）啊!"

177. 订报纸

猴子被丛林大王老虎安排负责今年的《丛林都市报》的征订工作。

为了顺利完成100万份的征订任务,他找到了蚂蚁主任,说:"你们蚂蚁王国人口众多,实在应该每个蚂蚁订份报纸,提高一下文化素质。"

蚂蚁主任想了想,说:"订报纸也不难,只是你得把报纸做得能放入我们每个蚂蚁的口袋里才行。"

178. 亲戚关系

大象和一条蛇狭路相逢,大象没好气地对蛇说:"让开! 像根破绳子,想绊我是不是?"

蛇也反唇相讥道:"你好看? 腿像烂木头,身子像破墙。"

一只松鼠过来劝架:"别吵了,你俩还有亲戚关系呢!"

大象和蛇齐声说:"我跟他有什么关系?"

松鼠说:"怎么没有? 一个脸上长一根棍子,一个棍子上长个脸。"

179. 抱怨

母鸡对奶牛抱怨道:"人们总喜欢吃我的蛋,可他们从来没有对我说过一句感谢的话。"

"这有什么?"奶牛不以为然地说,"你看我,人们每天都要喝我的奶,可你听他们什么时候喊过我一声'妈'呀?"

180. 变脸

甲乙二人在公园里闲聊。

甲:昨天,我和一个黑人小伙子到动物园去看鳄鱼。

乙:发生了什么有趣的事吗?

甲:那黑人小伙子一不小心掉进了鳄鱼池。

乙:结果怎么样?

甲:他的小黑脸吓得刷白,池子里的鳄鱼也四处奔逃。

乙:鳄鱼逃什么呀?

甲:一个黑人,顶个白脑袋,鳄鱼能不害怕吗?

181. 闹离婚

长颈鹿嫁给了猴子,一年后长颈鹿提出离婚:"我再也不想过这种上蹿下跳的日子了！"

猴子大怒："离就离！谁见过亲个嘴还得爬树的？"

182. 仰卧起坐

一只老乌龟训练一群小乌龟肚皮朝下做俯卧撑。

小乌龟很轻松地做完了 100 个，得意扬扬地对其他小乌龟吹嘘道："这也太简单了吧？"

老乌龟看着它那骄傲的样子，嘲笑地说："有能耐，你肚皮朝上做几个仰卧起坐给我看看！"

183. 原来如此

两匹马站在路边看来往的汽车。

一匹马说："车里的这些人身上怎么都绑着带子啊？"

另一匹马说："我知道人们为什么不再需要我们了，现在他们都自己拉车了。"

184. 清洁剂

一个 8 岁男孩来到杂货店要买一大桶清洁剂。

店主问他，是不是有一大堆衣服要洗。

"哦，不是的，我准备洗我的狗。"

"可你不能用这个给狗洗澡，它刺激性太强了，狗会生病的。

事实上,它可能会弄死你的狗! "

小男孩并不理会店主,还是买了就走。

一周后,男孩又到店里来买糖果。

店主问他:"你的狗怎么样了啊? "

"哦,它死了。"小男孩很伤心的样子。

"我可告诉过你别用那清洁剂洗你的狗来着! ""嗯,可我认为不是清洁剂害死它的。"

"那是怎么回事? "

"我想那是因为洗衣机转筒转得太快了吧! "

185. 坚持

周末,老吴和儿子起了个大早,要去郊外钓鱼。

可快到中午,老吴也没钓到一条鱼,儿子催促道:"爸爸,快回家吧,我都饿了。"

"儿子,坚持一会儿,"老吴说,"估计再有个三五分钟,鱼儿们也该饿了! "

186. 百蟹图

有一位画家很会画蟹,一个富翁出了高价请他画:"我希望你给我画一幅'百蟹图',画面上要有一百只蟹,一个月后我来取画,行不行? "

画家回答道："不必等一个月，明天我就可以画完。"

第二天，富翁去画家那里取画，但是画家还没有动笔，富翁很不满意，板着脸说："你怎么还不画呀？"

画家马上铺了画纸，大笔一挥，很快画好了一只大母蟹，然后在画上题了一行字："此蟹怀孕九十九只小蟹。"

187. 聪明的毛驴

一个聪明人在乡下散步，看到磨坊里面一头毛驴在拉磨，脖子上挂着一串铃铛。

聪明人很好奇，就问磨坊主："为什么要在驴脖子上挂铃铛呢？"

磨坊主答道："我打瞌睡的时候，毛驴常常会偷懒；挂上铃铛以后，如果铃铛不响了，我就知道这个畜生又在偷懒了。"

聪明人想了想，又问："如果毛驴停在原地不动，只是摇头，你又能听到铃声，它又没有干活，那怎么办呢？"

磨坊主愣了一下，说："先生，哪里有您这样聪明的毛驴啊！"

188. 本性难改

一只公蟹向一只母蟹求了婚。

母蟹发现，公蟹走起路来是直行，很与众不同，于是立即同他结了婚。

第二天一早醒来,母蟹发现她的新郎同其他螃蟹并无区别,也是横行,于是生气地问道:"这是怎么回事?结婚前你可不是这样走路的!"

"亲爱的,"公蟹答道:"我可不能天天喝那么多呀!"

189. 要用四川话喊

一个游客在峨眉山旅游,可等了半天还不见猴子的踪影。

于是旁边小摊上的小贩提醒说:"今天天气比较冷,它们都在睡觉呢,你一叫就出来了。"

于是那游客就大声喊了起来:"猴子——猴子——"叫了老半天,还是没见猴子。

旁边有人说:"你喊得不对,猴子听不懂普通话,得用四川话喊。"

190. 鸡过河

小偷偷了一只鸡,正在河边给鸡拔毛。

这时一个警察走了过来,小偷急忙把鸡扔到河里。

警察问:"你在干什么?河里是什么东西?"

小偷说:"那是一只鸡,它要过河去,我在这里帮它看衣服。"

191. 真没文化

有个城里人到乡下春游,正游得高兴,一个农民气喘吁吁地跑过来喊道:"同志,你踩着麦子啦!"

城里人瞅瞅农民,把嘴一撇:"真没文化,这叫踏青!"

农民一听,怒不可遏,把城里人拽出麦田,一个使劲,搡进路边的水塘里。

城里人惊叫:"把我弄到水里干吗?"

农民指指城里人,把手一挥:"真没文化,这叫踏浪。"

192. 挤牛奶

有人到牛奶场第一天上班,老板给他一只桶和一条凳,让他去牛奶棚挤奶,他快乐地领命而去。

下班时,老板见他身上溅满了牛奶,而且那条凳子的腿也断了,就问他:"怎么样,这活挺难吗?"

他哭丧着脸答道:"挤奶倒不难,难的是让牛坐到凳子上去。"

193. 长脖子

长颈鹿和小兔子在聊天。

"小兔子,真希望你能知道有一个长脖子是多么的好。无论什么好吃的东西,我吃的时候都会慢慢地通过我的长脖子,"

长颈鹿陶醉地说:"那美味可以长时间地享受!"

兔子毫无表情看着它。

"还有,在夏天,那凉水慢慢流过我的长脖子,是那么的舒服。有个长脖子真是太好了! 兔子,你能想象吗?"

兔子慢悠悠地说:"你吐过吗?"

194. 整容

两只青蛙很相爱,可是婚后却生了一只蛤蟆。

公青蛙大怒,掐着母青蛙的脖子问:"告诉我怎么回事?"

母青蛙哭着说:"认识你之前我做过整容手术了。"

195. 老虎与鹿

老虎抓到一头鹿后要把它吃掉,鹿说:"你不能吃我!"

老虎一愣:"为什么?"

"因为我是国家二级保护动物。"

老虎笑了:"总不能为了二级保护动物而让一级保护动物饿死吧。"

196. 救牛仔

一场大风沙过后,有人拾起地上一顶牛仔帽,猛地发现下边是一个让风沙埋住了的牛仔,只露出一个头。

"要挺住，"这个人说，"我这就去找把铁锹来。"

"先生，还是请你开辆铲车来吧！"牛仔说，"因为我现在还骑在马背上呢。"

197. 农夫的骡子

一头烈性子的骡子，把农夫主人的丈母娘踢死了。

葬礼那天，四乡八镇来了许多人，挤满了农夫的院子。

乡长刚好打这儿经过，就问随行的人："死的是什么人？他生前一定做过不少好事，赢得了这么多人来参加他的葬礼！"

随行的人连忙摇头："哪里呀，这些人都是来头那头骡子的！"

198. 没胃口

一个全身披着铁甲的骑士倚着一棵大树睡着了。

这时，两只狮子走了过来，公狮子说："亲爱的，我们有午餐了！"

母狮子瞟了瞟熟睡的铁甲骑士，说："又是罐头，没胃口！"

199. 借牛

张果的牛病了好几天，压下许多农活未做，便向邻居李结梗借牛。

李结梗说:"真不巧。我家的牛也病了,被儿子送兽医站看病去了。"

可话音刚落,他家后院栏内就传来了"哞哞哞"的牛叫声。

"撒谎!那不是牛吗?"

"你相信我呀,还是相信牛?"

200. 不能攀比

一艘军舰快要启程了。

一位太太在向丈夫告别。

这时,她看见一只水兵畜养的小狗在军舰上跑来跑去,就很不高兴地对舰长抱怨道:"真不合理,狗可以上军舰,而妻子却不能上舰陪丈夫。"

舰长微笑着解释:"噢,这不一样,狗,不但它的主人,其他任何人都可以碰它的。"

201. 神奇的狗

福克森:我家的小狗真神奇,每天早晨它都会给我们取来当天的报纸。

加森:那算不了什么,许多小狗都会取报。

福克森:可是你要知道,我家压根儿就没订报呀!

202. 继承遗产

皮特有一大笔遗产,但他立下遗嘱,把遗产留给了跟随他多年的那条老狗。

这使皮特的儿子非常生气,但他还有一线希望,因为本国法律规定:一旦指定的继承人死了,可由直系亲属继承。

这天,皮特的私人律师找到皮特的儿子,给他带来了一个好消息:那狗死了。这使得皮特的儿子高兴万分。

律师又说:"你不要高兴得太早,你父亲又买了只宠物,把继承权转给它了。"

皮特的儿子信心十足地说:"没关系,我能等下去。"

"你会失望的,听说那东西能活一千多年……"

"那是什么?"

"乌龟!"

203. 萤火虫与臭虫

夜晚,两个朋友正在树荫底下乘凉,他们身边围绕着一些星星点点的萤火虫。

"您说,"一个朋友问:"要是萤火虫和臭虫交配会怎么样?"

"天哪!那可不行。"另一个朋友连忙摇头,"要是那样,它们的后代有亮光照着,咬起人来还不更加放肆?"

204. 悲剧

小蚊子哭着回家,妈妈忙问为何而哭。

小蚊子:爸爸死啦!

蚊妈妈:他不是带你去看演出了吗?

小蚊子:看了,可观众一鼓掌,爸爸没躲开。

205. 蜗牛与蛇

蜗牛散步时遇到一条蛇,蛇就对蜗牛说:"大家都在笑你走路太慢。"

蜗牛很生气:"说我慢? 我一点也不慢,不信,你叫他们用肚子走走看。"

蛇笑了,说:"我就是用肚子走路的。"

蜗牛立即说:"那你再背上一幢房子走走看。"

206. 爱的选择

面对蜜蜂和蜗牛的追求,蝴蝶选择了后者,蜜蜂苦思冥想也想不通了,它牢骚满腹地说:"蜗牛哪点比我强?选择我,我们可以比翼双飞呀!"

蝴蝶说:"人家单独有房子,可你还住集体宿舍!"

207. 小骆驼的疑问

一天,一头小骆驼问它的爸爸:"我们的背上为什么要有驼峰?"

骆驼爸爸说:"因为我们在跨越沙漠时要储存脂肪和水分呀!"

小骆驼又问:"那我们的脚底为什么要长肉垫呢?"

骆驼爸爸自豪地说:"这样比较容易穿越沙漠呀!"

最后,小骆驼疑惑地问:"那……那我们现在在动物园干吗?"

208. 殃及池鱼

张局长家的耗子去李主任家串门。

李家耗子吃惊地问张家耗子:"几天不见,你怎么就瘦成皮包骨了?"

张家耗子有气无力地答道:"唉,别提啦!我家主人退居二线了。"

209. 饲养箭猪

一个镇子是著名的旅游区,每到夏天,游客络绎不绝。

一天,一个旅游者带着她的宠物来诊所求医,原来她的狗在树林里和一只箭猪打了一架,弄得遍体鳞伤。

诊所里唯一的卡特医生花了近一个钟头,才把狗身上的刺清理干净,他把伤口包扎妥当,对狗的主人说:"伤势已无大碍了,请付 15 元手术费。"

"这简直是敲诈,是勒索!"那位夫人惊叫起来,"你们就知道剥削夏季的观光客,我倒想知道冬天你们干什么去了?"

卡特医生轻描淡写地答道:"饲养箭猪。"

210. 银行家的金鱼

在银行行长的办公室里,养着一些美丽的金鱼。

"真好看,"有位客人说,"不过,这些金鱼不会妨碍您的工作吗?"

"绝对不会,在我这里,张着嘴巴却不向我要钱的就只有它们了!"

211. 千万别客气

局长到一个偏僻山乡了解畜牧业发展情况,不巧,乡里领导有事外出,只留一个秘书在家值班。

时近中午,局长要返回县城,乡秘书知道了,非挽留他吃饭不可,并说要杀一只羊好好招待。

局长就说:"乡领导都不在家,羊也都放到野外去了,今天就免了吧。"

乡秘书拉着局长向后窗的小树林里指了指,说:"局长您千万别客气,我们屋后还拴着一只值班羊呢!"

212. 老奸巨猾

乔治亚州有个老农场主,非常喜欢休闲生活,他在农宅后院建了个大池塘,为了便于游泳,还特地安了个上下扶梯。

这天傍晚,老农场主打算下池塘洗个澡。

可还没到池塘,就听到一阵欢笑声从那儿传来。走近一看,池塘里有一群年轻的女人在裸泳。

她们发现有人来了,都将身子沉下水去,还有一位向他喊道:"你不走的话,我们是不会上来的。"

老农场主笑了,说:"我不是来看你们游泳的,更不是要看你们光着身子从水里出来,我是来这喂鳄鱼的。"

213. 糊弄臭虫

母亲带着五岁的女儿小玲住进了一家旅店,半夜里臭虫把小玲从好梦中搅醒。

小玲从床上爬起来,拉亮电灯,打开房门,接着又使劲把门关上,然后又轻轻地踮着脚尖回到床上去睡觉。

妈妈对小玲的举动感到莫名其妙,问她为什么这么做,她声音极低地对妈妈说:"我要让臭虫知道我已经走了,它就不会再来找我了。"

214. 生前死后

生物课上,老师正在给学生们讲动物的常识。

老师:同学们,最有价值的动物是什么?

学生:是鸡。

老师:为什么?

学生:因为鸡在出生之前是鸡蛋,鸡蛋可以吃;而且,鸡杀死之后,也可以给人吃。

215. 谁家的猪

一群家养猪突然横冲直撞地闯进一农户的西瓜地里。

哥哥见了很是生气:"哎呀,这群猪是谁家的,怎么跑到咱们的西瓜地里来了?"

弟弟回答:"大猪是谁家的我不知道,小猪是谁家的我知道。"

哥哥声色俱厉地对弟弟吼:"快说,小猪是谁家的?"

弟弟怯生生地说:"小猪……小猪是大猪家的。"

216. 牛会抽烟吗

两个农家的孩子在聊天,一个突然问:"你家的牛会抽烟吗？"

另一个说："你疯啦，牛怎么会抽烟？"

"哦，那么，应该是你家的牛棚着火了。"

217. 早知如此

儿子捧着自己的海龟，眼泪汪汪地来找妈妈："妈妈，我的海龟死了。"

妈妈连忙安慰儿子说："别太难过了，我们用纸把它包上，放在盒子里，埋在后院，再给它举行一个葬礼，好吗？葬礼结束后，妈妈带你去吃冰激凌，再给你买那只你最喜欢的宠物狗……"

妈妈正说着，突然发现海龟动了一下，她惊喜地说："儿子！海龟没有死哎！"

儿子失望地说道："我可以把它杀了吗？"

218. 买妈妈

小约尼和他的爸爸一起去参加一个马匹拍卖会。

小约尼看见爸爸从一匹马走到另一匹马旁边，不停地用手上上下下地摸马的腿、屁股和胸部。

小约尼问他爸爸："爸爸，你为什么要摸它们呢？"

爸爸回答："因为我想买这些马。"

小约尼听了,立即闷闷不乐地说:"我们赶快回家吧,爸爸。"

爸爸奇怪地问:"为什么?"

"昨天那个邮差来过咱家,我想他要买走妈妈!"

219. 兽王认输

有只老虎饿极了,老远看见一只刺猬仰面躺着晒太阳,老虎以为是一堆肉,就扑上去猛咬了一口,立刻鲜血淋漓,疼痛不已。

老虎撒腿就跑,路过一片栗子林,刚好一颗浑身带刺的栗子掉到了地上。

老虎心惊胆战地对栗子说:"公子放兄弟一马吧,刚才碰到令尊多有冒犯,我知罪啦!"

220. 我是翻译

一个商人买到了六只来自中国的麻雀,因为非常珍贵,决定献给伯爵。

可是,商人转念一想,伯爵最讲究吉祥,在这个国度里,"七"是最吉利的,"六"这数字不吉利,可是数来数去只有六只。

商人想了一会儿:管它呢,加进一只日本麻雀,凑足七只,献给伯爵。

"啊,这是很珍贵的……"伯爵见到麻雀很高兴,他一只一只地细看了一遍,"哎,你说是中国来的麻雀,里面怎么有一只日本麻雀?"

商人被问得瞠目结舌,吓得瑟瑟发抖。这时,那只日本麻雀张开小嘴说:"伯爵,我是翻译⋯⋯"

221. 老鼠学外语

母老鼠带着一群小老鼠出来偷东西,碰到一只猫,小老鼠个个吓得浑身发抖。

这时,母老鼠学了两声狗叫,把猫吓跑了。

母老鼠得意地回过头来对小老鼠说:"孩子们,从这件事可以看出,学好一门外语是多么重要啊!"

222. 老鼠的照片

汤姆很吝啬。

一天,他发现家里有很多老鼠,于是去邻居那里借了一个捕鼠夹准备捕捉老鼠。

他想了又想,实在舍不得面包,就拿了一张画满食物的广告放在夹子上,然后得意地睡觉去了。

第二天早上,他起来一看,发现夹子上放着一张老鼠的照片!

223. 走投无路

猫半夜被敲门声惊醒,开门见是一只老鼠。

猫怒问:"你找死呀?"

老鼠颤抖着说:"大哥,买份保险吧,任务太重,我实在是走投无路,才敲你的门啊!"

224. 老鼠吵架

早晨起床后,旅馆服务员关心地问一位旅客:"老先生,怎么样? 昨晚睡得还好吗?"

"怎么说呢,昨夜我的床下有一对老鼠在吵架。"

"两只老鼠总不会一直影响你睡觉吧?"

"哪里,后来竟然来了十几个劝架的鼠友!"

225. 你也可以这样

新墨西哥高地大学一年级生物课的重头戏,就是每月一次的给关在实验室笼子里的响尾蛇喂食。

一次,全班同学都聚在笼子周围,静静地看着喂食。

"我嫉妒这条蛇,"指导教师说,"我从没得到过全班学生如此的关注。"

一位学生很平静地回答说:"如果您能吞下一只老鼠,您也可以得到学生如此的关注。"

226. 关键问题

农场主教会城里来的工人如何给牛挤牛奶,并且把他派去牧场。

工人回来时,他问道:"你挤了多少头牛的奶?"

"20头,但是一无所获……"

"怎么回事呀?"

"我认为你应该给我一个桶!"

227. 被开除的原因

丈夫:亲爱的,我被开除了。就因为一点小事,太不公平了!

妻子:为什么事呀?

丈夫:我昨晚下班忘了关老虎笼子。可他们也不想想,谁敢偷老虎呀!

228. 老虎生日快乐

从前有个人不小心进入了森林的食人族部落。部落的长老要把他杀死,但又觉得那样不好玩,便找来一只老虎。老虎被绳子牵着,另一头绑在树上。绳子下面放了支蜡烛,蜡烛的火把绳子烧断之后老虎便会冲出去咬死那个人。

那个人急中生智对老虎唱了首歌便幸免于难。

原来,当那人唱《祝你生日快乐》时,老虎转身吹掉了身后的蜡烛!

229. 为何会奔跑

一只小白兔快乐地在森林中奔跑。

途中,它碰到一只正在卷大麻的长颈鹿,就说:"长颈鹿呀,你为什么要做伤害自己的事呢?看这片森林多么美好,让我们一起在大自然中奔跑吧!"

长颈鹿看看大麻烟,再看看小白兔,就把大麻烟向身后一扔,跟着小白兔在森林中奔跑。

后来它们遇到一只正在准备吸古柯碱的大象,小白兔就对大象说:"大象呀,你为什么要做伤害自己的事呢?看这片森林多么美好,让我们一起在大自然中奔跑吧!"

大象看看古柯碱,再看看小白兔,也把古柯碱向身后一扔,跟着小白兔和长颈鹿在森林中奔跑。

接着,它们遇到一头准备注射海洛因的狮子,小白兔说:"狮子狮子,你为什么要做伤害自己的事呢?看看这片森林多么美好,让我们一起在大自然中奔跑吧!"

狮子看看针筒,再看小白兔,它把针筒向身后一扔,冲过去把小白兔狠狠地揍了一顿。

大象和长颈鹿吓得直发抖:"你为什么要打小白兔呢?它

这么好心，关心我们的健康，又叫我们接近大自然。"

狮子生气地说："这个混蛋兔子，每次吃了摇头丸就拉着我像白痴一样在森林里乱跑。"

230. 我们有毒吗

蛇爸爸和小蛇一起散步，小蛇问："爸爸，我们有毒吗？"

蛇爸爸说："当然有啦，我们是毒蛇呀！"

过了一会儿，小蛇又问："我们真的有毒吗？"

蛇爸爸不耐烦地："不是说过了吗？你怎么回事啊？"

小蛇说："刚才我不小心，咬到自己的舌头了。"

231. 可怜的马

一个肥胖的贵妇人听了医生的劝告，准备减肥。她让丈夫给她买一匹好马，打算每天骑上一个小时。

丈夫替她办好了这件事。

一个月后的一天，贵妇人骑马归来，正好遇见办事回来的丈夫，丈夫朝她望了望说："起码下降了20公斤！"

"噢，真的吗？"贵妇人高兴地叫了起来。

"对，"丈夫说，"我指的是咱们的马。"

232. 警告

爱尔兰人的脾气暴躁是出了名的。

一次,有一对爱尔兰新婚夫妇正驾着一辆马车奔驰在回家的路上。

途中,不知什么原因,那匹马突然失去控制了,发了疯似的在原地乱蹦乱叫。

新郎实在受不了,冲着马大声喊道:"这是第一次警告!"

那匹马根本不理他。

于是他又喊道:"这是第二次警告!"

马依旧不听指挥。

接着新郎掏出一把手枪,一枪把马给打死了。

新娘无法接受发生在面前的事,她冲着新郎嚷道:"你干什么呀? 马只不过是畜生,它懂什么呀! 现在可好了,你把他打死了,我们怎么回家呀? 难道我们今晚要露宿野外吗?"

新娘不停地唠叨着。

新郎终于听不下去了,只听他对新娘说:"这是第一次警告!"

233. 城市姑娘放羊

有一位城里姑娘,不喜欢喧嚣的生活,喜欢大自然的宁静和农村草地的清爽,她从城里来到了农村。

她在农民家中找到了一份工作——放羊。她非常高兴,又有工作又可住在这空气清新的地方,太好了。

农民将一群羊交给这姑娘,说:"这是 2000 只羊,你将它们赶到村外的草地上,让它们吃草,晚上再赶回来,就这么点事,好吗?"

姑娘高兴地回答道:"好的。"然后就兴冲冲地放羊去了。

晚上,羊赶回来了,姑娘噘着嘴对农民说:"我不干了。"

农民好奇地问:"你不是干得蛮好的吗,怎么不干了?"

姑娘说:"你的羊有大羊还有小羊,大羊都老实听话,那小羊就不行了,到处乱跑,我只好一个一个地将它们撵回来,你看我累的。"

农民惊奇了:我的羊全是大羊,哪来的小羊? 农民跑去羊圈看了看,除了 2000 只大羊外,还多了 8 只在羊圈角落瑟瑟发抖的野兔。

234. 傻子

一个好强的年轻人去动物园看猴子,他发现一个猴子很傻,于是他骂那个猴子是傻子,那个猴子跟他学也骂他是傻子。

他一听很生气,于是便用石头打它,但没打中。

那个猴子也学着用石头打他,一下打中了他。

那人很生气,突然想出了一个办法,他用石头对自己的头打了一下,顿时出了很多血,他忍着头痛看着那个猴子。

那个猴子先是一愣,然后便指着他说:"傻子!"

235. 恶作剧

复活节那天,有一个爱搞恶作剧的家伙,不怀好意地到鸡棚里用一只彩蛋换走了一只鸡蛋。

第二天,公鸡发现了这只彩蛋,怒气冲天,跑出去杀死了一只孔雀。

236. 狗性难改

汤姆新养了一只狗,他发现狗经常在屋里随便撒尿,于是将狗暴揍了一顿,然后将它从窗户扔了出去。

他想,惩罚是让狗长记性的最好手段,谅它今后再也不敢在屋子里撒尿了。

但汤姆发现,狗并没有改掉在屋子里撒尿的习惯,只是在撒完尿以后便自觉地从窗户跳了出去。

237. 万能全才的狗

一个公司想招聘一名新职员,于是就在临街的橱窗里贴出广告:"招聘文职人员,须会打字、懂电脑、精通两种语言。符合条件者机会均等。"

令经理惊讶的是,第一个来应聘的竟然是一条狗。

"对不起,我不能雇用一条狗在公司里做事。"经理说。

狗不服气,抬起前爪指着广告上"机会均等"字样叫了两声表示抗议。

经理没有办法,叹了口气问道:"你会打字吗?"

那条狗默默地走到打字机前,准确地打了一封信。

"你懂得怎样用电脑吗?"经理又问。

那条狗又坐在一台电脑前,迅速地编了个程序,操作得非常熟练。

经理有点儿气急败坏:"我真的不能雇一条狗工作。就算会打字、懂电脑,但是我需要的雇员要能说两种语言。"经理一下子想起了此事,认为这条狗应该知难而退了。

那条狗慢慢地抬头看着经理:"喵……汪……"

238. 老实

有位代理邮差在送信途中,走近一户人家。看到走廊上坐着一个男孩,旁边趴着条大狗,便早早停下来问:"孩子,你的狗咬人吗?"

"不咬。"孩子回答。

邮差放心地走过去,冷不防那条狗扑上来,朝脚脖子咬了一口。

邮差打跑了狗,气愤地质问男孩道:"你不是说你的狗不咬人吗?当面撒谎,太不老实了!"

"谁不老实?"男孩回道,"我的狗就不咬人!"

"还说不咬!你的狗不咬人,我这腿上的血是哪里来的?"邮差一边说话,一边用手帕包着伤口。

"那是邻居家的狗,不信你去问问大人。"

239. 替罪"猪"

某公司王总去外地出差,花300元在超市给老婆买了件内衣,因无法出具发票,只好让司机写了个便条,他在上面签了字,拿到财务部报账,说是路上不小心,把农民的母猪撞死了。

后来,只要王总外出,总要"撞死一头猪"。渐渐地,下面的人都猜出是咋回事,于是纷纷仿效。

起初,王总没在意,时间一长,就觉得老是这样下去影响不好,便想出了一个解决良策。

几天后,他召集了公司各级领导开了个专题会议,拟定了"关于某公司干部撞死母猪的规定",其内容如下:1.总经理级外出一次只可撞死一头母猪;2.副总经理级外出两次才准撞死一头母猪;3.科级干部外出5次才准撞死一头母猪;4.一般职工外出一概不准撞死母猪。

240. 怕死的鹦鹉

一个人入境某国时,带了一只鹦鹉。

海关人员对他说:"先生,你这只鹦鹉得付税金。"

"应该付多少啊?"

"活的50美元,如果是标本就只要15美元!"

此时听见那只鹦鹉哑着嗓子大声叫道:"钱财是身外之物,千万别吝啬啊!"

241. 光膀子

一个人有只鹦鹉,此鸟善于摔跤,且未逢敌手。

一天,这人将一只麻雀放入笼中,次日来看,鹦鹉无事,可麻雀羽毛全光。

这人又将一只喜鹊放入笼中,次日来看,鹦鹉仍无事,而喜鹊羽毛全光。旁人惊奇,赞不绝口。

这人为了显示,将一老鹰放在笼中,次日来看,老鹰死,鹦鹉羽毛全光。

他立即将鹦鹉取出问是怎么回事,鹦鹉说:"这老鹰太厉害,不光膀子打不过他!"

242. 祷告的鹦鹉

有一名贵妇养了一只母鹦鹉,但这只鹦鹉只会说:"来呀!

要不要爽一下呀……"

贵妇觉得这鹦鹉的行为实在有辱她的身份。

有一天,贵妇看到对面教堂的神父养了一只公鹦鹉,很乖地在笼子里祷告,于是便去请教神父:"为何你的鹦鹉那么乖? 养多久啦? 我把我家的鹦鹉给你调教好吗?"

神父说:"我养两年啦,它一直都很乖,你的鹦鹉怎么啦?"

于是贵妇便把家里那只说话低贱的鹦鹉的情形一五一十地说给神父听了。

神父一口答应:"好呀,你把你的鹦鹉给我养,我保证它会和我的鹦鹉一样,乖乖地在笼子里祷告。"

第二天,贵妇把鹦鹉送给神父,神父便把母鹦鹉与自己的公鹦鹉关在同一个笼子里,希望能以"近朱者赤"的方法把母鹦鹉教化好。

不料,母鹦鹉一看见公鹦鹉便大叫:"来呀! 要不要爽一下呀……"

只见正在祷告的公鹦鹉眼睛一亮:"神呀,我祷告两年的愿望终于实现啦!"

243. 它们开口的话

动物园管理员听见一个女人在大声说:"你瞧这些小老虎多可爱啊! 要是它们能说话,会说什么呢?"

管理员笑着回答:"太太,它们一定对人说:'我们是豹子。'"

244. 记忆

在一条小河边,一只大象正在喝水。

忽然,他看见了一只乌龟正在河边睡觉,嘴里还再说着梦话。大象愤怒地走过去,一脚就把乌龟踢到了对岸。

"你为什么那样做?"长颈鹿问到。

"它就是五十年前咬过我鼻子的那只乌龟。"

"多好的记忆啊! 你能想起来这么久远的事情。"长颈鹿惊叹道。

"不,"大象说道,"是乌龟想起来的。"

245. 刚炒股

有一只壁虎在一家证券公司门口迷了路,这时正好有一条大鳄鱼远远地爬了过来。

情急之中,小壁虎上前一把抱住了鳄鱼的腿,并大声喊"妈妈"。

大鳄鱼老泪纵横:"孩子啊,刚炒股三天就瘦成这样儿了?"

246. 底牌外露

有一个人养了一只狗,那只狗非常聪明,会算术,会接飞盘,会站立,更厉害的是它会玩桥牌,主人无聊时就会跟狗玩桥牌打发时间。后来一传十,十传百,大家都知道有那么一只非常聪明的狗。

有一天,一位记者来采访那个主人,记者问:"听说你家的狗非常聪明?"

主人说:"没有啦,它很笨。"

记者说:"为什么? 它不是会陪你玩桥牌吗?"

主人说:"可是它一拿到好牌就会高兴得直摇尾巴呀!"

247. 会打电话的猫

珍妮太太给警察局打电话要找她丢失的猫。

警察回答她说:"对不起,夫人,这不是警察的职责范围。"

珍妮太太忙向警察强调:"你们不明白……这是一只非常聪明的猫。它简直像人一样,能开口说话。"

"那很好,夫人,请您挂断电话。也许您那只猫会马上打电话给您的。"

248. 公牛母牛

有个人想打麻将,找了半天还缺一个人,就想到了同事老牛,于是拨通了老牛家电话,嚷道:"老牛,快来……"

电话那头一个女孩回答说:"我是小牛!"原来接电话的是老牛的女儿。

这个人迫不及待地问:"那老牛在家吗?"

"你是找公牛还是母牛?"

"什么公牛母牛?"

"因为我妈也姓牛。"

249. 吓死我了

猎人看到天上有只鸟,连忙举起枪瞄准,可猎人连开了三枪都没打中那只鸟,他正准备开第四枪时,发现那只鸟掉下来了。

掉在地上的那只鸟看子弹没打中自己,便"噌"地一下站起来,抖抖身上的灰,拍着胸脯说:"吓死我了,吓死我了!"

250. 骨肉

一个人走在路上,突然扑上来一只狗,咬了他一口。这人疼得眼泪直流,于是抬起脚就要踢狗。

哪知狗含着泪可怜巴巴地对那人说:"你踢吧,反正我肚里已经有了你的骨肉!"

251. 当心

戏院即将上演一部新戏,小蚊子央求母亲准许他去戏院看戏。

苦苦求了半天之后,母亲终于答应了。

"好吧,你可以去,"她叮嘱道,"可是人家鼓掌的时候你要当心。"

252. 急中生智

被猫赶进死胡同的老鼠急中生智,面对着猫突然摇摇晃晃,口中念道:"哎哟! 困死我啦!"

猫对老鼠的举动非常惊讶,便问:"怎么啦?"

老鼠恳求道:"我肯定是吃了老鼠药,我难受死了,快把我吃了吧!"

253. 三只老鼠吹牛

三只老鼠在一起吹牛,第一只说:"我一天不吃老鼠药我的胃就痛。"

另外一只说:"我一天不踩老鼠夹脚趾就发痒。"

这时,第三只不慌不忙地指着自己盖的被褥说:"你们看见了吗? 猫皮做的!"

254. 抽象画

向美术教师交作业时,一位学生只交了一张白纸。

老师问:"画呢?"

学生答:"这儿?"他指着白纸说。

老师:"你画的是什么?"

学生:"牛吃草。"

老师:"草呢?"

学生:"牛吃光了。"

老师:"牛呢?"

学生:"草吃光了,牛还站在那里干什么?"

255. 只有两岁

一位牧童对城里来的孩子说:"你看这头牛长得多么大,可它只有两周岁。"

城里来的小孩说:"你怎么知道的?"

牧童说:"看了它的角就可以知道了。"

城里来的小孩说:"我也明白了,它有两只角,所以只有两岁。"

256. 草绳

一个书生犯了偷窃罪,被官府锁上枷锁示众。

有人问他："犯了什么大罪？"

他长叹道："一个人倒起霉来，走路都撞板。昨天我偶然见到街上有根草绳，心想以后会有用，便随手拾起来……"

问者道："拾了一根草绳也判这么重？"

只听犯人继续说："哪知草绳那端，还绑着一头牛呐！"

257. 路过

杜鄂善于拍马屁。

一次，他去晋见林县的县官。

县官留他吃饭，他说："自从你到这里当父母官，你的德政人人夸赞，连山里的老虎都逃光了。"

话刚说完，就有差役来报告："昨夜有老虎出来伤人。"

县官问："怎么，还有老虎吗？"

杜鄂马上应声道："不要紧，这是路过的。"

258. 精神病院

在一个精神病院里，有一天院长想看看三个精神病人的恢复情况如何，于是在他们每人面前放了一只小白兔。

第一个精神病人坐在小白兔的上面，揪着小白兔的两只耳朵，嘴里嚷着"驾"，院长摇了摇头。

第二个人同样如此，院长叹了口气。

第三个蹲在那里却摸着小白兔,院长看后,满意地点点头,只听那个人说了一句:"放你三百米,等我擦好车再追你!"

259. 贪快乐

蛇喜欢伸懒腰,但它居住的洞穴十分窄,一定要盘曲了身子才能睡。伸懒腰,身子就要伸出洞外,蛇又怕惊动人。它要找一个能伸懒腰的洞穴,找了很久也没找到。

一天,它找到象鼻孔内,因象鼻孔深而长,蛇大喜,便以它为安身的洞穴。

它就在象鼻子内大伸懒腰,象忽觉鼻痒,打了一个喷嚏,将蛇打到十余丈以外,跌得它浑身骨节酸痛,动弹不得。

其他蛇经过,知其实情后笑道:"你要贪图过分的快乐幸福,所以才有这番意外的跌扑之苦啊!"

260. 打领带

龟和蛇逛公园,只有一张票,于是龟让蛇缠在脖上。

入园时,剪票的鹰说:"站住。"

龟和蛇十分慌张。

鹰又说:"看你这样,还打领带呢!"

261. 紧跟着的

连长：我们营里谁最大？

新兵：营长。

连长：紧跟着在他下面的，是谁？

新兵：营长骑的马。

262. 喂马

一骑士冒着风雪赶路，傍晚投宿于一旅店。骑士又冷又饿，店中只有一盆炭火，可惜围满了人，无法坐过去。骑士眉头一皱，计上心来：他叫店小二温一壶酒，拿一只烧鸡去喂他的马。店小二疑惑不解，在骑士的催促下去喂马。烤火的客人听说世上竟有喝酒、吃鸡的马，全都跑出去看稀奇。

过了一会儿，店小二原封不动地将鸡、酒端回，并告诉骑士那马怎么也不吃。骑士坐在炭火边说："扔了怪可惜的。这样吧，拿来我吃。"说罢，接过鸡和酒美美地吃了起来。

263. 稀罕

父亲对儿子解释经济的诀窍："物以稀为贵。一匹好马是稀罕的，因此它很贵。"

他的儿子反驳道："一匹便宜的好马，比这更稀罕呢！"

264. 斑马

从前有两匹马,一只黑的一只白的,它们正在草原上散步。

黑马此时不好意思地对白马说:"你愿意嫁给我吗?"

白马想了想说道:"嗨,其实不是我不愿意嫁给你,而是今后我们生出来的定是只灰马,很难看的!"

黑马立刻说道:"不会的啊,我和你一黑一白生,出来的定是只斑马。这样一来它就不会像我们一样要劳动了,整天过着无忧无虑的生活呀!"

就这样世上便出生了一种新品种的马——斑马。

265. 抱猴子

一妇女抱小孩上车,司机见了,大惊:"从没见过这么丑的小孩。"

妇女大怒,旁边一位乘客见了,安慰道:"你放心地去找他算账。我来替你抱猴子。"

266. 没看猴子

一位母亲站在动物园的猴子笼前对孩子说:"我们到那边去看老虎吧,亲爱的。你已经站在这儿看了很长时间的猴子了。"

"我没有看猴子,妈妈,我是在看猴子身旁的牛奶和香蕉。"

267. 最大的节省

历史课上,老师向同学们介绍说人是从猴子进化而来的。

他说:"人从四肢走路进化到两肢走路,要经历漫长的历史过程。"

然后他问学生:"人类从四肢进化到两肢走路最大的优点是什么?"

一个学生站起来答道:"可以节省一双皮鞋!"

268. 吃鱼和吃鸡

儿子:爸爸,小华的爸爸游泳游得可好了,你怎么不会呢?

爸爸:小华的爸爸总是吃鱼,所以会游泳。爸爸我不常吃鱼,怎么会游泳呢?

儿子:可是,爸爸你总吃鸡,你会下蛋吗?

269. 狗有话要说

哈里从兽医那儿回家,叹了口气,对妻子说:"我们的小狗真可怜!一路上总是哀叫,像是有话要对我说……"

太太看了狗一眼,叫道:"傻瓜,这只狗也许想对你说,它不是我们家的!"

270.狗明星

有一天有一个人带着一条狗到唱片公司,他说他是这条狗的经纪人,并说他这条狗会唱歌跳舞云云,老板不相信,就叫小狗表演一次。

当音乐响起,小狗跟着音乐载歌载舞,老板目瞪口呆地看着小狗,一边想着这一次捡到摇钱树了,就赶快拿出合同希望与狗签约,没想到忽然一条大狗冲进来,把小狗衔走了。

老板问:"怎么回事?"

经纪人无奈地表示:"唉!那是它妈妈,它妈妈希望儿子成为一名医生,演艺圈太复杂了!"